Melhores Contos

Herberto Sales

Direção de Edla van Steen

© Herberto Sales, 1984

3ª Edição, 2000

Diretor Editorial
Jefferson L. Alves

Capa
Estúdio Noz

Revisão
Virgínia Araújo Thomé
Margaret Presser

Produção Gráfica
Milton Minoru Ishino

Dados Internacionais de Catalogação na Publicação (CIP)
(Câmara Brasileira do Livro, SP, Brasil)

Sales, Herberto, 1917-
 Os melhores contos de Herberto Sales / seleção de Judith Grossmann. – 3ª ed. – São Paulo : Global, 2000. – (Os melhores contos ; 7)

Bibliografia.
ISBN 85-260-0396-8

 1. Contos brasileiros I. Grossmann, Judith. II. Título.

84-1851   CDD–869.935

Índices para catálogo sistemático:
1. Contos : Século 20 : Literatura brasileira 869.935
2. Século 20 : Contos : Literatura brasileira 869.935

Direitos Reservados

Global Editora e Distribuidora Ltda.
Rua Pirapitingüi, 111 – Liberdade
CEP 01508-020 – São Paulo – SP
Tel.: (11) 3277-7999 – Fax: (11) 3277-8141
E.mail: global@dialdata.com.br

Colabore com a produção científica e cultural.
Proibida a reprodução total ou parcial desta obra
sem a autorização do editor.

Nº de Catálogo: **1524**

 Melhores Contos

Herberto Sales

Seleção de Judith Grossmann

JUDITH GROSSMANN

Nasceu em Campos, Estado do Rio. Ficcionista, poeta, professora, crítica e ensaísta. Autora de Linhagem de Rocinante; 35 *poemas.* O meio da pedra; *nonas estórias genéticas.* A noite estrelada; *estórias do ínterim.* Outros trópicos; *romance.* Temas de Teoria da Literatura. *É Professora Titular de Teoria da Literatura no Instituto de Letras da Universidade Federal da Bahia.*

Diante da tarefa de escolher textos para publicação de uma antologia de contos de Herberto Sales, tivemos como objetivo central selecionar peças que fossem expressões características de seu universo ficcional. Não tivemos em mente privilegiar o critério qualitativo, ou nos atermos aos contos já antologiados pelas leituras críticas, mesmo porque o conjunto da contística de HS é unitário e amplamente bem realizado. Estamos diante de um contista detentor de um mundo ficcional de que seus textos são o seguro mapa delineado.

Movimentando-se bem entre o cenário rural e o cenário urbano, os temas de HS estão firmemente relacionados com o sistema, são manifestações deste sistema, de ordem lingüística ou social. Os seus personagens são produtos de um meio contra o qual se insurgem, mas dentro do qual devem ou permanecer ou morrer. Cada conto é o pequeno movimento, a passada adiante que o personagem dá na direção ou de aceitar ou de fazer a sua revolução individual. Cada um deles tem a consciência culpada, quer pela aceitação, quer pela insurgência, são os cúmplices involuntários, os anti-heróis de um quadro que, solitariamente, não poderão modificar — e esta não será a principal culpa destas consciências enclausuradas?

O campo, a cidade, ambos são abrangidos pelos mesmos ditames, praxes sociais, costumes, códigos, repositório de usos, esquemas verbais que não podem ser varados pelos personagens para que atinjam a consciência. Daí a presença do escritor, que irá romper com todos os códigos, fazendo deles emergir o sentido e trazendo à tona a consciência. Códigos rompidos e recriados, devolvendo a integridade perdida ou tornando-a, finalmente, possível.

Para tanto HS dispõe de um estilo bem marcado, que é a um tempo realista e alegórico. Detalhada e pacientemente ele reconstrói a realidade representada, para simultaneamente alegorizá-la, pois cada um dos seus textos, ao final, quando o que fluía agora está contido no dique do conto, se apresenta como um verdadeiro modelo dos objetos representados. Mesmo o flagrante, com HS, narra, não é crônica, é conto, mesmo porque quando se configura como tal é já uma fábula, conta uma história, da qual uma visão pode ser extraída.

No universo ficcional de HS, expresso em sua contística, um dos repositórios para a urdidura de histórias e para a caracterização de personagens é a do parentesco existente entre a criação literária e a loucura, não a loucura de pedra, mas a que permeia todos os hábitos, costumes, usos e gestos cotidianos. Assim como o escritor é feito de algumas idéias fixas, duas ou três coisas que ele sabe ou vai aprender a respeito da realidade, e à custa deste pequeno nódulo cria e recria o encontrado, acaba por lhe encontrar ou lhe emprestar um significado, seus personagens vivem também de algumas idéias que não lhes saem da cabeça, atingem através delas sua pequena glória, pela perdição, pela morte ou pela redenção. Premiados ou castigados, não importa, percorrem um caminho de aprofundamento de suas naturezas que guarda uma analogia com o caminho percorrido pelo escritor. Nesta valorização da idéia fixa e da loucura e nesta empatia por elas, encontra-se HS na posição em que vislumbramos João Cabral de Melo Neto e Carlos Drummond de Andrade nas amostras poéticas que se seguem:

*como naquela história
por alguém referida
de um homem que se fez
memória tão ativa*

*que pôde conservar
treze anos na palma
o peso de uma mão,
feminina, apertada.*

João Cabral de Melo Neto
Uma faca só lâmina *(ou: serventia das idéias fixas)*

*O doido passeia
pela cidade sua loucura mansa.
É reconhecido seu direito
à loucura. Sua profissão.*

*Entra e come onde quer. Há níqueis
reservados para ele em toda casa.
Torna-se o doido municipal,
respeitável como o juiz, o coletor,
os negociantes, o vigário.
O doido é sagrado. Mas se endoida
de jogar pedra, vai preso no cubículo
mais tétrico e lodoso da cadeia.*

Carlos Drummond de Andrade
Doido. In: —. Menino antigo

Esta analogia entre escritor e personagem, cuja grandeza reside na inclinação em aprofundar idéias e emoções, resulta do elo de simpatia que existe entre o primeiro e o segundo, e provoca o surgimento de tipos envoltos na mentação e na afetividade do seu criador, causando idêntico efeito no leitor, que é levado a se identificar com os personagens, ainda que mantenha o seu senso crítico. O efeito descrito é um efeito insubstituível e compõe, em boa parte, o apelo que a narrativa em geral tem para o leitor. A referida analogia faz ainda aparecer traços líricos na narrativa, pois o que quer que seja representado está envolto num sentimento de empatia entre autor e texto, do ângulo da criação, espraiando-se, concomitantemente, para a reação do leitor.

Colhidos pelo sistema lingüístico ou social como numa armadilha, os personagens de HS lutam bravamente para dele escapar, mesmo que seja gravitando infinitamente em torno da impossibilidade de fazê-lo. Esta faceta tem uma conseqüência formal: os personagens, além de socialmente condicionados, estão condicionados verbal e lingüisticamente, aprisionados em clichês, ditos, expressões que lhes moldam o pensamento e não os deixam prosseguir. Assim, inúmeros contos expressam esta gravitação em redor de uma linguagem pré-fabricada, que o autor deverá recriar e fissurar em prol de sua própria libertação, dos seus personagens e dos seus leitores. Esta fissuração da linguagem se faz pela sua lenta degustação, torneando-se repetitivamente alguma expressão esmagadoramente convencional, até que ela possa ser repelida e substituída. Pela repetição do velho, a velha ideologia é recusada, e se recorta o novo e a nova ideologia, que faz distinguir o perfil de um universo novo que começa a surgir.

Este é um recurso tão nítido que leva organicamente a um outro veio da contística de HS, a recorrência ao estoque e à reserva da sabedoria popular e da narrativa oral, que, da mesma forma que aos clichês e expressões herdadas, ele recria, dela retirando uma outra sagesse, altamente criativa e lírica. Desta maneira, ele passa da narrativa lírica do cotidiano à narrativa lírica de cunho popular, equacionando a sabedoria das lendas populares notadamente com o exercício do imaginário, com a luta entre o bem e o mal e com a liberação da energia sexual.

Após o estabelecimento destas características dos contos de HS, considerados em sua totalidade, passaremos a analisar o material escolhido como amostras hábeis para introduzir o leitor no universo ficcional de HS.

De Histórias ordinárias (1966), nas quais, na verdade, HS torna o ordinário, extraordinário, fazendo a mais mínima fulguração do cotidiano digna de atenção e aprofundamento, escolhemos os contos "Os vigilantes", "O automóvel" e "A carta". "Os vigilantes" é um momento privilegiado de simpatia pela protagonista e de adentramento da psicologia feminina. Num mundo de qualquer forma regido pelos homens, não pode ser sem satisfação que vemos ir a simpatia do autor e do narrador pela personagem feminina. Ressalte-se a minudência na descrição do cenário da cidade do interior e das forças que nela atuam, sobretudo o desejo, fazendo supor crimes presumivelmente imaginários que, na verdade, são manifestações ou metáforas do próprio desejo. A ambigüidade, herança machadiana, é mantida até o final, pois o que é relevante não é o factual, mas o imaginário, não o crime de Isabela (ou de Capitu), mas a análise das forças que provocam as acusações. Em "O automóvel" temos a dificultosa vida do modesto funcionário público Raul, que através de um prêmio, um automóvel, é jogado nos braços da ilusão e cada vez mais se enreda nas atribulações que lhe traz o sistema econômico e social, cada vez mais se debate nos clichês lingüísticos que expressam este sistema ("ter um teto"), até que, por um outro golpe de sorte, se livra do prêmio, voltando à vida anterior e ao seu possível desafogo. Pela temática e pelo tratamento do tema, "O automóvel" mantém um parentesco com o romance "Os prêmios", de Julio Cortázar, que viria a ser publicado posteriormente. Em "A carta", como em outros contos de HS, surge o tema da grande mudança do personagem, o momento da crise em que inventaria o heroísmo e o anti-heroísmo de sua insatisfatória existência. No caso, havendo ele planejado escapar à sua sufocante vida conjugal, não tem forças para agir e anti-heroicamente, como convém a um personagem de classe média, recua. Digamos que Amaral seja um Quincas Berro D'Água sem a heroicidade do personagem de Jorge Amado.

Em Uma telha de menos (1970), que se faz num desfile de personagens que vivem e morrem por uma idéia, metáforas perfeitas para o componente obsessivo que existe não apenas na arte do escritor, mas na arte de viver, destacamos "O morrinho", "Verão" e "A onça". Em "O morrinho" a disputa do morrinho é mais que tudo o jogo, a um tempo sério e irresponsável, das relações humanas, em que cada gesto, cada movimento é suficientemente imprevisto para emprestar a estas relações seu caráter simultaneamente lúdico e dramático. "Verão" retrata a perda do paraíso duma *pequena cidade pela invasão dos veranistas. A tendência anti-gregária do homem que sente o seu eu esmagado e invadido pela presença incômoda do outro se manifesta através do protagonista Rogaciano que, ainda que perca sua vida, deve tentar fazer explodir a casa onde se reúnem os invasores. "A onça" traz de volta o tema de "A carta", quando o protagonista ardiloso, onerado pela sufocação da sua vida conjugal, conquista nossa simpatia pela maquinação da sua fuga e da sua libertação.*

De O lobisomem e outros contos folclóricos *(1970), no qual o estoque narrativo oral é recriado livremente, escolhemos duas estórias aparentadas, "Flor-do-mato" e "A mãe-d'água", em que o chamamento do imaginário se confunde com o despertar da sexualidade, tal como nos mostra Bruno Bettelheim em* A psicanálise dos contos de fadas. *E ainda* Mara, *na qual se trava a luta entre o bem e o mal, quando a filha do pajé em vez de se apresentar como projeção e continuidade do pai, é o seu oposto, faz-se na presença, não da graça, mas da des-graça, no mundo, trazendo-lhe uma imprevista ferida narcísica.*

Em Armado cavaleiro o audaz motoqueiro *(1980), obra que representa o ponto de maior virtuosismo na contística de HS, autêntico quadro de horrores da sociedade tecnológica e familialista, na qual forças arcaicas convivem com o mais avançado, destacamos "Armado cavaleiro o audaz motoqueiro", "O estilete", "Sede de vingança", "Pistolei-*

ro?", "Da necessidade imperiosa de telefonar", "O vôo da fantasia". Em "Armado cavaleiro o audaz motoqueiro" tudo conspira contra a revolução individual e narcísica da quase-mítica figura do motoqueiro, pobre herói e anti-herói urbano. Em "O estilete" a opressão do outro provoca a configuração de um insuspeitado mundo secreto a explodir ao primeiro pretexto. "Sede de vingança" expressa as flutuações da epidérmica sensibilidade do homem contemporâneo. "Pistoleiro?" volta-se para um código de honra existente em qualquer ocupação humana, mesmo no crime. "Da necessidade imperiosa de telefonar" é um flash urbano que se transforma, ao final, numa narrativa a respeito dos insuportáveis costumes citadinos. Em "O vôo da fantasia", afim com "O estilete", a presença do outro esmaga o indivíduo, fazendo-o buscar o escape pela loucura, pelo crime, pela fantasia... ou pela arte.

Aliás esta alternativa da qual nos falou Albert Camus, ou o crime... ou a arte... está bem no centro da contística e do universo ficcional de Herberto Sales.

JUDITH GROSSMANN
22 de maio de 1984

CONTOS

OS VIGILANTES

De (Histórias ordinárias)

    A casa de vidraças, a encompridar-se no muro, até a esquina, e por cima do muro, espiando de dentro do quintal, os brancos jasmins contemplativos, aninhados na folhagem da latada. Pelas tardes, na janela aberta, a mulher também era uma flor olhando a rua — ruazinha sossegada, de cidade do interior, por onde as pessoas passavam dando boa-tarde.
— Boa-tarde, D. Isabela.
Era o vigário, o velho Padre Tobias, no seu lento e pesado andar: engordara muito nos últimos anos.
— Boa-tarde — respondeu a mulher, boca pintada, cabelos soltos, os braços apoiados no peitoril da janela.
Passou o prefeito:
— Boa-tarde.
A mulher respondeu:
—Boa-tarde.
Como era feio o Sr. Camargo! Tinha o nariz enorme. Quando D. Isabela casara com Jesuíno, o maior lojista da cidade, o Sr. Camargo já era prefeito. Com que insistência a olhava, no dia do casamento! Mas desde esse tempo D. Isabela já o achava feio.
Passou o coletor. Chamava-se Queirós.
— Boa-tarde.
E a mulher:
— Boa-tarde.

O Sr. Queirós devia estar novamente bêbedo. D. Isabela não gostou do olhar dele — um viscoso olhar de bêbedo. Passou o juiz de paz:

— Boa-tarde.

— Boa-tarde, Sr. Stanislau — respondeu a mulher.

Tinha um certo medo daquele homem: fora ele quem fizera o casamento dela com Jesuíno.

Ora, da sua janela, a mulher via passar diariamente pela rua as pessoas da cidade. Que coincidência, porém, seria aquela, de passarem, quase ao mesmo tempo, diante dela, naquele dia, as mais altas autoridades do lugar? Aonde iriam? De onde vinham? Pareciam estar com hora marcada. Haveria alguma reunião?

Oh, a decantada intuição feminina, que não escolhe lugar e hora, e se manifesta até mesmo numa janela, desde que lá esteja, pulsando numa mulher debruçada, o coração de uma D. Isabela!

Havia realmente uma reunião. E era no escritório do prefeito, onde se sentaram, além dele, em volta da mesa, o vigário, o coletor e o juiz de paz.

— Vocês viram? — perguntou o prefeito, como abrindo aquilo que, afinal de contas, não deixava de ser uma sessão.

Seguiu-se um lento e geral sacudir de cabeças: todos tinham visto.

E o prefeito:

— É sempre a mesma coisa. A mulher não sai da janela. Fica ali, de namoro, se mostrando, enquanto o pobre Jesuíno, na loja, não sabe que está sendo enganado.

— O mal foi eles não terem tido filhos — ponderou o vigário. — Já dizia o Cristo: "Crescei e multiplicai-vos." Mas já lá se vão três anos, e nada de gravidez. Um deles deve ser estéril.

— Então é ela — volveu o prefeito. — Ela é que deve ser estéril. Não é uma mulher que nasceu para constituir um lar, ter filhos. D. Isabela tem alma de pecadora. Nasceu para o pecado. Essa história de ter filhos não é com ela. Daquela madre não sai menino. É como eu já disse: ela foi feita para o pecado, para a pouca-vergonha.

— De qualquer forma, os filhos seriam uma solução — insistiu o vigário. — Com a casa cheia de filhos, a tratar dos cueiros, da amamentação, ela não teria tempo para ficar pregada na janela.

— Na janela é o menos — interveio o coletor. — Pior é ter encontros no quintal, quando Jesuíno viaja. Todos vocês conhecem o caso de Cassiano, aquele representante de Magalhães & Cia., que foi visto, uma noite, saindo dos fundos do quintal dela. Só uma rameira se prestaria a isso. Imagino os dois, no quintal, agarrados debaixo das árvores, como cães.

O juiz de paz suspirou:

— Quando casei essa moça, tão novinha, de véu e grinalda, com um ar tão inocente, nunca pensei que ela fosse chafurdar no vício.

— Jesuíno era digno de melhor sorte — observou o prefeito. — Um homem rico, um cidadão de primeira ordem, que podia ter escolhido para esposa a melhor moça da cidade, foi logo se engraçar com uma doidivanas, só porque ela era bonitinha.

— Foi um casamento lamentável — conveio o juiz de paz. — No primeiro momento, achei até louvável o Jesuíno, um homem rico, casar por amor com uma moça pobretona, filha de um funileiro. Como me enganei! E como tenho pena do Jesuíno!

— Cão de caça, se escolhe pela raça — observou o coletor. — Isabela não era mulher para Jesuíno. Ficasse ela com o seu pai funileiro, que o destino dela já estava traçado. Essa mulher não nasceu para viver na sociedade, em nosso meio, como Jesuíno, coitado, pensou e certamente ainda pensa.

— Nasceu para o pecado — insistiu o prefeito.

E o coletor:

— Para o pecado é um modo de dizer. Nasceu para ser prostituta.

— Coitado do Jesuíno! — clamou o juiz de paz.

— O fato é que isso não pode continuar — decidiu o vigário. — O comportamento de D. Isabela atenta contra a moral cristã. Estamos aqui, no momento, como vigilantes da sociedade. Urge tomarmos uma providência. Outro dia, indiretamente, num sermão, como vocês sabem, exortei D. Isabela a corrigir-se. De nada adiantou. Realmente, pouco depois, chegou ao meu conhecimento o caso dela com o dentista.

— Esse foi o caso mais escandaloso — frisou o coletor. — A mulher metia-se no consultório do dentista, com desculpa de obturar os dentes, e saía de lá quase de noite.

— Coitado do Jesuíno! — tornou a clamar o juiz de paz.

E o padre:

— É o que eu digo: temos de tomar uma providência. Como vigário da paróquia, não posso dar guarida ao pecado no meu rebanho. Aliás, graças a Deus, como todos vocês sabem, esse é o primeiro caso de adultério registrado na paróquia. Urge tomarmos uma providência.

— E qual seria a providência? — perguntou o juiz de paz.

O prefeito tomou a palavra:

— Bem. O ideal seria expulsarmos D. Isabela da cidade.

— Ou simplesmente enxotá-la para o Mangue — cortou o coletor, dando um soco na mesa.

Os outros entreolharam-se, por um momento. Por fim, o prefeito voltou a falar:

— Como dizia, o ideal seria expulsarmos D. Isabela da cidade. Infelizmente, porém, não há leis para isso. Então, a providência a tomar, e acredito que o vigário esteja de acordo comigo, é levarmos o caso ao conhecimento de Jesuíno.

— De pleno acordo — disse o vigário.

E o prefeito:

— Jesuíno, certamente, ignora o fato. Ao tomar conhecimento do que se está passando, haverá, sem dúvida, de pôr um fim à traição da mulher. Conheço Jesuíno; ele tem gênio. Veremos o que ele fará. O importante, de início, é levar o caso ao conhecimento dele.

— Mas isso é uma missão espinhosa — ponderou o juiz de paz. — Eu, por mim, não teria coragem de levá-la a cabo. Sabe-se lá como o Jesuíno reagiria?

— Não haverá risco a correr — disse o prefeito. — A comunicação será feita mediante uma carta anônima.
— Ah! — tranqüilizou-se o juiz de paz. — Ainda bem. E quem vai redigir a carta?
— Eu redijo — adiantou-se o coletor.
— Mas não se esqueça: é preciso tato — observou o vigário.
— Me dê esse papel aí, Camargo — pediu o coletor, numa decisão.
— A carta tem de ser datilografada — disse o prefeito, passando-lhe o papel. — Do contrário, Jesuíno conhecerá a sua letra. Espere um pouco, que eu vou apanhar a máquina de escrever.
O coletor desatarraxou a caneta automática:
— Eu escrevo com letra de imprensa. Depois você datilografa a carta, se quiser.
E foi escrevendo. E foi rápido: meia dúzia de palavras.
— Pronto — disse o coletor, empurrando o papel para o vigário.
— Já acabou? — perguntou, espantado, o juiz de paz.
E o coletor:
— Já. Para mim, chega.
Erguendo-se, deixou intempestivamente a sala, quase cambaleando, os olhos injetados.
O vigário leu o papel:
— Não é possível!
Passou-o ao juiz de paz.
— Não é possível — disse o juiz de paz, passando, por sua vez, o papel ao prefeito.
O prefeito leu, estarrecido:
"Você é um corno. Sua mulher é uma puta."
— Porre — disse o prefeito, sacudindo a cabeça. — O Queirós está de porre.
E trataram, ali mesmo, de dar nova redação à carta, pois aquilo nem era carta. O vigário só fazia recomendar.
— É preciso tato. Muito tato.

O AUTOMÓVEL

De (Histórias ordinárias)

Seu Raul era um modesto funcionário público, que morava na Travessa Etelvina, em Olaria, perto da estação. Casado com D. Eufrosina, tinha cinco filhos: quatro moças e um rapaz. Sua vida era difícil, com orçamento apertado. Em outros tempos, Seu Raul tivera sonhos: ainda chegaria a chefe de seção! Com um aumento de ordenado, e mais a gratificação de chefia, haveria de ter a sua casa própria, financiada pelo Instituto. Nada de pagar aluguel! Precisava "ter um teto", como dizia D. Eufrosina, nos planos que juntos faziam, em seus primeiros anos de casados. Depois vieram os filhos; precisava educá-los. Seu Raul queria que eles "fossem gente"; e as despesas foram aumentando. Aos poucos, Seu Raul teve de abandonar a idéia da casa própria. Era um sonho bonito, mas a realidade era bem diferente: não havia meio de sair aquele plano de reclassificação de que os jornais tanto falavam. E quando saiu o plano, Seu Raul já estava enterrado até o gogó nas prestações. Agora, era aquilo que se via: uma vida cheia de aperturas. D. Eufrosina reclamava:

— Arranje uns biscates, Raul. Faça como o Pereira, que trabalha em casa, de noite, fazendo umas escritas particulares.

Seu Raul não se dava por vencido:

— Ora bolas! Pereira não tem cinco filhos, como nós. É ele e a mulher.

Mas acabou arranjando os biscates, que o próprio Pereira lhe conseguiu, num rasgo de generosidade. Afinal de contas, eram compadres. Na verdade, porém, os biscates não o empurraram para a frente. Era o que Seu Raul sempre dizia: "Pereira não tem cinco filhos, como nós." E os filhos de Seu Raul foram crescendo: mais sapatos, mais roupa, mais comida, Seu Raul botava as mãos na cabeça:

— Não agüento com tanta despesa!

Um dia, quando ele menos esperou, estava com quatro moças em casa. Como o tempo passara depressa! Então Seu Raul pensou que a solução era o casamento das filhas. Afinal de contas, as meninas eram bonitinhas, podiam arranjar bons partidos. No fundo, Seu Raul não gostaria de separar-se delas tão cedo. Mas já não estava na idade de alimentar ilusões. Começava a ficar velho, ia fazer 50 anos; precisava pensar no futuro das moças. Quando ele morresse, que seria delas? O diabo, porém, é que quando Gracinda, a filha mais velha, arranjou um namorado, a coisa foi bem diferente daquilo que Seu Raul imaginava.

Oh, como seria bom se o rapaz fosse funcionário do Banco do Fomento Econômico, com aquelas gratificações de três em três meses! Seu Raul vivia pensando num colega de repartição, o Moreira, cuja filha se casara com um bancário. Fora um casamento e tanto! Para começo de conversa, o genro do Moreira tinha apartamento próprio, comprado pelo IAPB. E era subgerente da filial do Banco do Fomento, em Olaria. Um casamentão! Mas com Gracinda a coisa foi bem diversa. Em vez de namorar um bancário, a moça foi apaixonar-se por um motorista do Ministério da Agricultura. Seu Raul quase morreu de desgosto:

— Minha filha casada com um chofer!

Encrespou, foi contra o casamento; mas D. Eufrosina, que gostava muito do rapaz, fez pé firme:

— Gracinda casa com quem ela quiser. Dinheiro não faz a felicidade de ninguém.

E arrasou Seu Raul:

— Quando eu me casei com você, você não tinha onde cair morto. E quer saber de uma coisa? Vamos parar com essa conversa de bancário. Não troco Valdemar por muito bancário que anda por aí.

Alguns meses depois Valdemar passava de namorado a marido de Gracinda. Seu Raul fez um empréstimo na Caixa Econômica, por sugestão do Pereira, e D. Eufrosina comprou o enxoval pelo crediário, aproveitando aquele plano de 24 prestações. Apertaram-se todos, coitados, mas o casamento até que saiu direitinho, na ordem de pobre. O que chamou mesmo a atenção foi o acompanhamento: houve quinze táxis para os convidados, pois Valdemar era muito querido entre os motoristas que faziam ponto na Leopoldina. Os colegas fizeram questão de lhe prestar essa homenagem. Do ponto de vista automobilístico, o casamento foi um sucesso. Mas o foi também como casamento mesmo. Era como D. Eufrosina dizia:

— Não troco Valdemar por muito bancário que anda por aí.

Valdemar, realmente, era um simples motorista, mas fez Gracinda feliz. Adivinhava os pensamentos dela. Adorava a mulher. E D. Eufrosina vibrava com a felicidade daquela união. Dela foi, aliás, a idéia de o genro vir morar com eles. Dizia para Seu Raul:

— Vai ser ótimo para você. Valdemar ajuda nas despesas.

Tentado por essa solução orçamentária, Seu Raul capitulou. A verdade, porém, é que tinha Valdemar atravessado na garganta. Ah, que sorte a do Moreira, casando a filha com o subgerente da filial do Banco do Fomento Econômico, em Olaria! E lembrava-se do dia em que, ao convidar o Moreira para o casamento de Gracinda, o colega de repartição lhe perguntara superiormente:

— Que é que o rapaz faz?

Seu Raul ainda quisera disfarçar, mentir — mas não era homem de mentiras. Tentara, de qualquer modo, uma saída:

— Trabalha no Ministério da Agricultura.

— Em que seção? — insistira Moreira.

E Seu Raul fora obrigado a confessar, sabe Deus com que mágoa:

— O rapaz é motorista.

Ah, que vergonha! Passou vários dias sem procurar o Moreira: não tinha coragem de olhar para a cara dele. Afinal, a situação se recompôs, sobretudo depois que o Moreira, bom amigo, fez questão fechada de pagar o chope do casamento. Fora uma mão na roda! E Seu Raul bem o reconheceu, quando, com D. Eufrosina, de lápis na mão, calculou assombrado as despesas do casamento da filha. Mas o pior viria com aquela idéia de todos morarem juntos. A princípio, Seu Raul concordou, animado com a ajuda de Valdemar nas despesas da casa. Com o correr dos dias, porém, começou a dar palpites na vida do genro:

— Você precisa pensar no futuro, rapaz. Precisa economizar.

Valdemar não era nenhum beberrão, mas tinha as suas despesas de botequim, contra as quais Seu Raul investia:

— Largue essa mania de almoçar com cerveja. Pobre almoça é com água da bica.

De outras vezes, dentro das aperturas do orçamento doméstico, Seu Raul perdia a linha:

— Estou entrando pelo cano com essa história de genro morar comigo para ajudar nas despesas.

Gracinda ouvia as reclamações, contava tudo ao marido, que, por sua vez, não agüentava mais tanta amolação:

— Seu Raul, eu nunca pedi para vir morar com o senhor. Posso muito bem ter a minha casa.

— Então, que tenha! Quem casa quer casa. O melhor mesmo é vocês se mudarem.

Essas pequenas discussões familiares, originadas, muitas vezes, por motivos fúteis, acabaram criando uma situação insustentável para o genro e o sogro. Finalmente, quando, num fim de mês, Valdemar não entrou imediatamente com o dinheiro, houve a última e decisiva discussão entre os dois. Como sempre, foi Seu Raul quem provocou. E o pretexto foi insignificante: uma gilete. Seu Raul saiu do banheiro com o rosto ensaboado, e gritou para a mulher:

— Eufrosina, cadê a gilete que eu deixei aqui no banheiro?

A mulher não sabia. Mas Valdemar, que estava lendo o *Jornal dos Sports,* interrompeu a leitura e explicou:

— Eu usei ontem, Seu Raul. Era para comprar outra, e me esqueci. Mas vou comprar agora.

Seu Raul estrilou:

— Muito bem! Gastando minhas giletes, não é? Quer dizer que eu dei mesmo para sustentar barbado. Era só o que faltava!

— Chega, Seu Raul! — protestou Valdemar. — O senhor está fazendo um escarcéu à toa. Espere aí que eu vou comprar outra gilete, ali na esquina.

— Ali na esquina? E eu vou ficar aqui com a cara ensaboada, esperando? Ora essa! Você se esquece que eu tenho hora para chegar ao trabalho? Se você tivesse deixado a minha gilete onde ela estava, não ia acontecer nada disso.

E, na embalagem daquele estrilo, acabou entrando no problema do dinheiro:

— Outra coisa: cadê o dinheiro de sua contribuição? Preciso pagar o armazém.

— O pagamento atrasou — retrucou Valdemar. — Só no dia 5.

— No dia 5? Essa, não. Eu fiquei de pagar a conta do armazém amanhã. Não tenho cara de chegar lá com desculpas. Vá tratando de se virar.

— De me virar, como?

— Você é quem sabe. É o que eu sempre disse: você não controla o seu dinheiro. O botequim leva a metade do seu ordenado.

Não agüentando mais, Valdemar virou-se para Gracinda:

— Sabe de uma coisa, meu bem? Vamos embora daqui hoje mesmo. Seu pai é um chato!

Seu Raul empalideceu:

— Chato? Está vendo, Eufrosina? Ele está me chamando de chato. É isso mesmo: o culpado fui eu. Se eu não tivesse deixado minha filha casar com um motorista, eu não estava sendo agora chamado de chato, dentro da minha própria casa.

D. Eufrosina, com medo de que a coisa fosse adiante, segurou o marido, enquanto dizia para Gracinda:

— É, minha filha... O melhor mesmo é vocês se mudarem. Eu já ando com vergonha dos vizinhos. Seu pai e Valdemar não se entendem.

Naquele mesmo dia, Valdemar mudou-se para a casa de uma irmã, levando em sua companhia Gracinda. Dois ou três dias depois, alugou uma casa na Piedade e ali se instalou com a muher. Só voltou à casa do sogro para buscar as suas coisas. Depois, não tiveram mais notícias dele, durante um mês. D. Eufrosina, que chorou muito no dia da mudança, guardou o papelzinho onde a filha deixou escrito o endereço. Mas não se animou a ir até lá, porque Seu Raul, que estava uma bala, disse que ninguém da família, enquanto ele vivesse, haveria de pôr os pés na casa daquele genro sem-vergonha, que lhe faltara com o respeito.

— Não quero conversa com chofer! — bradara.

Depois da mudança de Valdemar e Gracinda, a vida na casa de Seu Raul voltou à rotina de sempre, sem a presença que ele considerava incômoda, do genro motorista. É claro que sentiam saudades de Gracinda. Mas, enfim, ela casara e fora cuidar de sua vida. Um belo dia, D. Eufrosina, no momento em que o marido saía para o trabalho, chamou a atenção dele:

— Raul, já é tempo de você comprar um terno novo. Você está andando muito à toa. Desse jeito, meu filho, você não vai pegar nunca uma promoção. Hoje em dia, uma boa apresentação vale muito.

E tanto insistiu que Seu Raul acabou concordando. Numa segunda-feira, na hora do almoço, ele entrou num grande magazine de roupas feitas, para comprar o terno novo. Os seus, na verdade, já estavam muito surrados. Quem sabe? Talvez o terno novo ajudasse mesmo à sonhada promoção. Tinha razão D. Eufrosina: o pau se conhece pela casca. Na repartição só ia para a frente quem andava bem vestido. Olhou as vitrinas, e conversou com o empregado da loja. O crédito era aberto na hora — sem entrada e sem mais nada. Conclusão: para aproveitar as facilidades do

crediário, em vez de um terno, comprou dois. Por sugestão do caixeiro, comprou um azul-marinho e outro cinza-escuro. Eram cores econômicas, que custavam a sujar. Os ternos ficaram ótimos nele, nem foi preciso ajeitá-los. O caixeiro elogiou-lhe o físico:
— O senhor tem um corpo 100% para roupa feita. Nem precisava experimentar. E isso é difícil, sabe?

Quando Seu Raul recebeu o embrulho, que ele próprio fez questão de levar, o caixeiro, recolhendo as letras assinadas, entregou-lhe dois *tickets*.
— Que é isto? — perguntou Seu Raul, sem entender.

E o caixeiro:
— Então, o senhor não sabe? Durante este mês, o freguês que comprar um terno aqui na loja está concorrendo ao sorteio de um automóvel, pela Loteria Federal.
— De um automóvel?
— Sim, meu caro. De um Simca Tufão, último modelo. Com estes *tickets* o senhor está habilitado. Quem sabe? A sorte pode estar do lado do senhor.

Seu Raul segurou os *tickets,* olhou-os com um ar deslumbrado. Mas logo recaiu no seu pessimismo de homem sem ilusões:
— Não está vendo que esse prêmio não é para o meu bico?

Deu uma risadinha sarcástica:
— Um automóvel! Era só o que faltava! É muita esmola para um santo só. Eu nunca tive sorte para ganhar coisa nenhuma, meu amigo. Nunca acertei numa rifa. Nunca tirei um tostão no bicho.

O caixeiro bateu-lhe no ombro:
— Não perca as esperanças. Quem sabe se o seu dia não vai chegar? Guarde os *tickets*. O senhor já tem o principal: está habilitado. E felicidades, meu caro!

À tarde, Seu Raul foi para casa remoendo a conversa com o caixeiro. Quando ali chegou, e colocou o embrulho em cima da mesa, a mulher e os filhos reuniram-se em volta dele, para ver o que havia dentro do embrulho.
— Comprei logo dois ternos — foi dizendo ele.

D. Eufrosina aprovou inteiramente:
— Puxa! Até que enfim. Agora, você tem roupa para o ano todo.
As moças foram unânimes na opinião:
— Papai tirou o pé da lama.
O rapaz, Mário, que andava pelos seus quinze anos, deu um palpite:
— O azul é mais bacana do que o cinza.
Mas quando Seu Raul, exibindo os *tickets,* contou a história do automóvel, a alegria da família se transformou em estupefação:
— Um automóvel?
Mário deu então uma gargalhada:
— Isso é vigarice, papai. Nunca vi ninguém tirar automóvel em sorteio. É conversa desses caras. O que eles querem é vender mais roupa.
— Cale a boca, menino — protestou D. Eufrosina. — Não diga besteira. Quem sabe se seu pai não vai ganhar esse automóvel?
— Vai ser ótimo! — disse uma das moças. — Agora a gente pode passear de automóvel todo domingo. Vamos fazer um piquenique em Terescpolis.
— Você está biruta! — exclamou Seu Raul. — Já está falando em passeio, como se o automóvel estivesse aí do lado de fora, esperando pela gente.
D. Eufrosina assumiu um ar conspirador:
— Olhem aqui. Não se fala mais nisso. É capaz de dar azar. Bico calado, que é para nenhum vizinho saber. Guarde esses *tickets,* Raul. Tranque na gaveta. E vamos aguardar o resultado do sorteio.
E ali mesmo, em pensamento, fez uma promessa a S. Judas Tadeu, pedindo que o marido fosse premiado. À noite, no quarto, de joelhos, repetiu a promessa, confiante no santo que nunca lhe faltara nos momentos difíceis. E sonhou, pela primeira vez, que estava passeando de automóvel em Copacabana.
Durante uns vinte dias a família não pensou em outra coisa. Mas ninguém se atrevia a tocar no assunto. D. Eufrosina era implacável na sua superstição:

— Não fale, gente. Pode dar azar.

No íntimo, porém, todos continuaram a torcer para um dos *tickets* sair premiado. Certa noite, antes de deitar-se, Raul arriscou:

— Quem sabe, Eufrosina, se eu não estou mesmo com esse automóvel ali dentro da gaveta?

D. Eufrosina pôs a mão na boca do marido:

— Eu já lhe disse para não falar nisso. Pode dar azar.

De outra feita, Seu Raul, mostrando-se apreensivo, e já na cama, sem conseguir conciliar o sono, catucou a mulher:

— Eufrosina... sabe de uma coisa? Eu acho que Mário tem razão...

— Razão como?

— Hoje, conversando lá na repartição, me disseram que esse negócio de prêmio de automóvel é vigarice mesmo.

D. Eufrosina estrilou:

— Você andou falando sobre os *tickets* na repartição? Você é linguarudo, puxa!

— Não... não é isso — explicou Seu Raul. — Você já vem ofendendo a gente. Eu não falei sobre os *tickets* coisa nenhuma. Conversei assim como quem não quer nada, dei um toque nessa história de prêmio... assim por alto. Sabe como é.

D. Eufrosina tranqüilizou-se:

— É inveja, Raul. Esses caras, que nunca têm sorte para nada, ficam achando que tudo é vigarice. Eu não falo de Mário, que é um menino e não sabe o que diz. Mas olhe aqui: vamos mudar de assunto. Trate de dormir, que amanhã você tem de sair cedo. E não deixe de passar lá na loja, está bem? Procure saber qual é mesmo o dia do sorteio.

Benzeu-se, e ferrou de novo no sono. Naquela noite, sonhou mais uma vez com o automóvel: estavam indo para Petrópolis, e o carro corria que era uma beleza!

E não é que o impossível aconteceu? Seu Raul tirou o automóvel. D. Eufrosina quase desmaia de emoção. Refez-se, depois de um providencial copo de água, que uma das

filhas lhe trouxe, e correu para o quarto. Abriu o pacote de velas, que escondera em cima do armário, e acendeu-as todas diante da imagem de S. Judas Tadeu. As filhas pulavam de alegria. Mário, meio encabulado, abraçou o pai:
— Puxa, velho! O senhor nasceu empelicado.

O concurso — anunciado como "a maior promoção já realizada no Rio de Janeiro" — entregava o carro com todas as despesas (licença, impostos, etc.) pagas pelo grande Magazine Roupatex. O premiado só tinha mesmo que receber o automóvel. E foi o que aconteceu, uma manhã, quando o *public relations* da loja, acompanhado de fotógrafos e cinegrafistas, veio entregar o carro a Seu Raul, na modesta vila onde ele residia. Foi um alvoroço. A vizinhança saiu em peso para a rua. E seu Raul, no momento em que recebia as chaves, foi convenientemente fotografado, filmado e televisionado. O *public relations* da loja, que dirigia a cerimônia, fez questão de que Seu Raul falasse ao microfone, dizendo como se sentia.

— Este é o maior momento de minha vida — balbuciou Seu Raul, pálido de emoção.

E num impulso de gratidão publicitária, suando, com as chaves do carro na mão, acrescentou:

— Roupatex é o maior magazine de roupas feitas do Brasil!

Quando terminou a cerimônia, e conseguiu desvencilhar-se dos vizinhos, que quase o massacram de abraços, Seu Raul recolheu-se a casa, completamente tonto com tudo que acontecera. O pessoal debandou. Mas alguns vizinhos, sobretudo crianças, ficaram ainda em volta do automóvel, olhando-o com assombro.

D. Eufrosina bateu na testa:

— Que coisa, meu Deus! No meio dessa confusão, esqueci de oferecer um café ao pessoal que veio entregar o carro.

Derreado numa cadeira, Seu Raul admitiu:

— A gente podia, até, ter mandado abrir umas Brahmas.

— E o caixeiro, Raul? — lembrou-se de repente D. Eufrosina. — Você tem de dar um presente a ele. O rapaz lhe deu sorte.

— Que é que pode ser? — gemeu o homem.
Mário atalhou:
— Dinheiro, papai. Dê uns cinco mil cruzeiros a ele.
Seu Raul levantou os braços.
— Cinco mil cruzeiros! Onde é que eu vou achar cinco mil cruzeiros, meu filho?
Um grande silêncio encheu a sala. Marido, mulher e filhos entreolharam-se. Cessou, de súbito, toda aquela euforia de donos de um automóvel de luxo tirado num sorteio, e eles recaíram então na realidade. A pergunta de Seu Raul, cheia de um desalento amargo, ficou pairando no ar, sem encontrar resposta: "Onde é que eu vou achar cinco mil cruzeiros?"
Mas D. Eufrosina reagiu:
— Mário só tem idéia idiota. Pode deixar que seu pai depois dá uma lembrança ao caixeiro. Com o tempo a gente vê isso. Vamos deixar para mais tarde, lá para o fim do ano, no Natal. O caixeiro pode muito bem esperar.
À noite, logo que se sentaram à mesa para jantar, o assunto do automóvel foi tratado, pela primeira vez, em termos de problema. Pelo menos, assim o considerava Mário, que, na sua preocupação com o fabuloso prêmio tirado pelo pai no concurso, resolveu perguntar:
— E agora, papai, que é que o senhor vai fazer com o automóvel?
— Que é que eu vou fazer? Ora bolas! Vou dirigir.
— Na rua? — arriscou ingenuamente o rapaz.
— Claro! — bradou Seu Raul. — Onde é que você queria que eu fosse dirigir? Que pergunta mais cretina!
— Calma, papai. Estou falando porque... Bem. O senhor sabe. O trânsito na cidade é fogo.
Seu Raul respondeu com desassombro:
— E você pensa que eu tenho medo de trânsito?
— Bem... O negócio é que o senhor não sabe dirigir, papai. Ainda tem de aprender, tem de tirar carteira, esse troço todo.
— Ora bolas! — tornou a bradar Seu Raul. — Não sei dirigir, mas aprendo num instante, e vou entrar no trân-

sito como qualquer um. Ou será que você não me acha capaz de aprender a dirigir um carro?

D. Eufrosina liquidou o assunto:

— Tem tanto galego burro dirigindo táxi por aí que eu não sei por que seu pai não vai também aprender a dirigir um carro. Que bobagem!

Depois do jantar, foram todos ver o automóvel, que estava estacionado à porta.

— É uma beleza! — exclamou Seu Raul, soltando uma baforada do cigarro.

Mas logo em seguida ensaiou uma bronca no Mário:

— Não passe a mão no pára-lama, rapaz! Você quer me arranhar o carro?

Mário foi conciliador:

— Está bem, está bem... Veja se o senhor compra um espanador amanhã. O carro, aqui, vai pegar poeira.

— Poeira?

— Sim. O senhor não pensou nisso, papai? Compre o espanador, que todo dia, de manhã, antes de o senhor sair para a repartição, eu passo o espanador nele. Vai ficar legal. O senhor vai ver.

Seu Raul esboçou um sorriso. E, em silêncio, começou a andar em volta do carro, contemplando-o com orgulho. D. Eufrosina e as filhas seguiram atrás dele, embevecidas. Por fim, pararam, ao lado da porta dianteira. Abrindo-a, Seu Raul pegou no volante, com as pontas dos dedos, e moveu-o de leve. Ah, qualquer dia estaria pegando firme naquele volante, com a carteira de motorista no bolso. Quando trancou de novo a porta do automóvel, ouviu a voz do filho:

— Papai, quando eu completar 18 anos o senhor vai me deixar tirar carteira, não vai? O senhor vai ver: vou dar cada chispada legal!

— Chispada? Você está louco? — respondeu Seu Raul, num impulso. — Você quer meter meu carro em cima de um poste? Não me fale em chispada!

— Espere aí, espere aí — atalhou D. Eufrosina. — Você já está querendo bronquear de novo, Raul? Que bobagem! Mário só vai completar idade daqui a dois anos. Como é que você está se preocupando com uma coisa que só vai acontecer daqui a dois anos?

Entraram novamente em casa, e pouco depois todos se recolhiam aos quartos. Dormia-se cedo em casa de Seu Raul, exceto aos sábados, quando ficavam, até tarde, vendo televisão. Seu Raul, entretanto, já em pijama, ainda voltou à sala, para ver se tudo estava fechado direito. Olhou para um lado e para o outro; e, quando viu que estava sozinho na sala, que não havia ninguém ali, encaminhou-se para uma das janelas. Pondo-se nas pontas dos pés, espiou para a rua, através do vidro de uma das janelas. Lá estava o carro, parado, como se estivesse dormindo. Seu Raul sorriu de satisfação. Depois, fechou a folha da janela e voltou para o quarto. Quando se deitou, catucou a mulher no escuro:

— Eufrosina... Escuta... Estive pensando. Vou tirar minhas férias na próxima semana. Preciso ficar livre uns dias, para tratar da carteira.

Pouco depois, roncava. Naquela noite, D. Eufrosina não sonhou com o carro: o carro era agora uma maravilhosa realidade à sua porta.

Lá pelas duas horas da madrugada, Seu Raul acordou sobressaltado. Que barulho era aquele? Não era possível: estava chovendo! Em toda a sua vida, gostara sempre de dormir com chuva — com aquele barulhinho gostoso de chuva caindo lá fora, e ele na cama, debaixo da colcha. Agora, porém, aquele prazer era transformado em motivo de preocupação. O carro estava lá fora, na rua, tomando chuva. Seu Raul levantou-se, foi até a sala, e abriu uma das folhas da janela. Através do vidro embaciado, que limpou com a manga do paletó de pijama, viu o automóvel debaixo do aguaceiro. A água escorria dos pára-lamas; do capô, do carro todo. Havia uma poça em volta dos pneus. Seu Raul sentiu uma dor no coração. Teve vontade de sair, pegar uma estopa e enxugar o carro. Mas logo desistiu da idéia absurda. Como é que ele ia sair com todo aquele aguaceiro? E como é que ele ia enxugar o carro, se a chuva não cessava de cair? Sucumbido, fechou de novo a janela e voltou ao quarto. Sentou-se na beira da cama, acendeu o abajur da

mesa de cabeceira, e pôs-se a fumar um cigarro. De repente, resolveu acordar a mulher:
— Eufrosina... Eufrosina...
A mulher acordou estremunhada:
— Que é?... Que é, Raul?
— Você já viu que azar?
— Azar? Que azar?
— A chuva, minha filha. Logo hoje é que foi chover!
D. Eufrosina ouvia o barulho da chuva, mas não entendia o que o marido queria dizer:
— Que é que tem a chuva?
— Ora, minha filha! A chuva está molhando o carro. Você já pensou nisso?
A mulher continuava a não entender:
— Todo carro molha, Raul, quando chove.
Seu Raul impacientou-se:
— Molha, não é? Está bem. Molha. Essa é muito boa. Quem sabe disso sou eu. Mas você já pensou na ferrugem? Esse carro vai acabar enferrujando. Estamos roubados!
D. Eufrosina sentou-se na cama:
— Era só o que faltava!
Mas Seu Raul teve logo uma idéia salvadora:
— Já sei o que vou fazer. Amanhã mesmo vou procurar uma garagem onde eu possa guardar o carro.

No dia seguinte, Seu Raul arrancou da cama mais cedo que de costume; e, ajudado por Mário, foi para a rua enxugar o carro. Quando, mais tarde, chegou à repartição, tratou logo de marcar as férias. Mas não foi preciso explicar ao chefe o motivo, porque já estava nos matutinos a notícia do prêmio.
— Já sei de tudo — disse-lhe o chefe. — Meus parabéns!

E todos os colegas vieram abraçá-lo, numa euforia sincera, mostrando-lhe os jornais com o flagrante da entrega do prêmio. Seu Raul, atônito, contemplava sua própria fotografia ao lado do automóvel, e guardou os jornais na pasta, para levá-los para casa e mostrar à família.

— Vou ter agora uma carona certa! — bradou um dos colegas, o Almeida, que morava na zona da Leopoldina.

E uma funcionária, D. Rosalina, muito efusiva, pleiteou também uma carona futura, enquanto o abraçava sorrindo:

— Olhe aqui, Seu Raul, o senhor me deixando na Central, está ótimo. Infelizmente eu não moro na Leopoldina.

Quando Seu Raul chegou em casa, nem é preciso falar: os jornais passaram de mão em mão, D. Eufrosina e os filhos se acotovelando para verem as fotografias da entrega do automóvel. D. Eufrosina botou os óculos, para enxergar melhor, e leu a notícia em voz alta, enquanto Seu Raul não parava de sorrir. Mas a grande notícia era outra, e ele, logo que terminou aquele alvoroço, tratou de transmiti-la:

— Hoje, lá na repartição, o Almeida me resolveu o problema da garagem.

— Almeida? Quem é Almeida? — perguntou D. Eufrosina, reunindo os jornais dobrados.

O Almeida, um colega meu. Você não o conhece, não. O Almeida me apresentou um amigo dele, sócio de um botequim lá na Rua Larga. É um português, um tal de Teixeira. Mora, por coincidência, aqui perto da gente. Ele tem uma garagem ao lado da casa, e está disposto a me alugar, pelo menos enquanto não comprar outro carro. Foi sorte, Eufrosina, muita sorte.

— E quando ele comprar outro carro? — interveio Mário.

Seu Raul impacientou-se:

— Que diabo! Você é um espírito-de-porco, garoto. Já não se pode conversar aqui em casa. Ora bolas! Quando o Teixeira comprar outro carro, a gente arranja outra garagem.

D. Eufrosina parecia preocupada.

— Que é que você tem, mulher? Desembucha! — exclamou Seu Raul, olhando para ela.

E a mulher:

— Bem... Você falou em aluguel de garagem...

— Sim. Falei. Você queria que eu fosse arranjar garagem de graça?

— Não é isso, Raul. Mas é que vai ser mais despesa... Você não acha?

— Não se incomode. Deixe isso comigo. Esse tal de Teixeira vai me alugar a garagem baratinho. É amigo do Almeida. E o Almeida, afinal de contas, é meu amigo também. Já prometi a ele uma carona cativa.

E satisfeito com a sua própria argumentação, concluiu:

— Interesses recíprocos, minha filha. Interesses recíprocos.

Depois do jantar, Seu Raul levantou-se com um ar misterioso: ia até a casa do Pereira, o compadre Pereira, padrinho de Mário, que morava ali mesmo na vila.

Pereira estava com a televisão ligada, ouvindo o Repórter Esso. Seu Raul sentou-se, e ficou em silêncio, para não importunar o amigo. Quando terminou o programa, conservando o mesmo ar de mistério com que ali chegara, pediu de chofre ao compadre:

— Olhe aqui, Pereira: você pode desligar a televisão um pouquinho? Quero falar com você sobre um assunto.

No meio do silêncio que se fez na sala, Seu Raul acendeu lentamente um cigarro. E fitando o amigo:

— Me diga uma coisa, Pereira, você tem carteira de motorista, não tem? Eu me lembro que você, uma vez, parece que me falou sobre isso.

Pereira sacudiu vitoriosamente a cabeça:

— Tenho carteira, sim. Tirei há uns dez anos, mais ou menos.

E antes que Seu Raul dissesse qualquer coisa, levantou-se, foi até uma escrivaninha, no canto da sala, destrancou a gaveta do centro. Voltou com um pequeno embrulho de matéria plástica, com um elástico em volta. Abriu-o, e dele retirou a carteira de motorista, muito bem conservada, como se tivesse sido tirada na véspera. Seu Raul pôs-se a examiná-la, num deslumbramento, virando-a e revirando-a entre as mãos.

— É difícil? — perguntou.

— Difícil o quê? — respondeu o Pereira, sem entender.

— É difícil tirar uma?

— Que nada! Tirei a minha em menos de um mês. E você, agora, com o automóvel, vai ter que tirar a sua.

— É isso mesmo — disse Seu Raul. — Vou tratar disso imediatamente. A gente gasta muito?

— Bem, sempre se gasta alguma coisa. Antes de mais nada, você tem de entrar para uma auto-escola. Mas é preciso cuidado, para evitar exploração. Há muita auto-escola por aí, que só falta tirar o couro da gente.

— Mas a gente é obrigado a entrar para uma auto-escola?

— Depende — volveu Pereira. — Tenho um conhecido, o Dantas, da Alfândega, que aprendeu com um motorista particular. O importante é a pessoa aprender a dirigir, porque, sem isso, não se pode fazer exame.

— Claro! — atalhou Seu Raul. — Mas... e os papéis? Certamente deve haver papéis, documentos.

— Você mesmo pode tratar disso — explicou Pereira.

Então Seu Raul, soltando uma baforada, deu com uma das mãos uma palmadinha na perna do compadre:

— Me diga uma coisa, Pereira, será que você quer me ensinar a dirigir?

O outro espantou-se:

— Eu?

— Sim, meu caro. Afinal de contas, você é meu compadre, meu amigo, tem carteira, sabe dirigir, e podia me ajudar a tirar a minha, sem ser preciso eu enterrar dinheiro numa auto-escola. A grana anda curta.

Pereira, mal refeito do espanto, ponderou:

— Bem... eu estou às suas ordens. Mas você sabe... Tirei carteira há dez anos, nunca mais botei a mão num volante. Estou destreinado.

— Que nada! Com meia hora você pega logo o treino. Quem foi rei, sempre é majestade.

Pereira comoveu-se com aquela demonstração de confiança, que vinha despertar nele o seu velho sonho automobilístico.

— Olhe, compadre — foi dizendo —, eu podia estar dirigindo hoje muito bem, se tivesse comprado meu carro quando tirei a carteira. Mas não consegui juntar o dinheiro da entrada. Depois, com o tempo, fui perdendo o ânimo, o entusiasmo, porque, como você sabe, ter um automóvel é o mesmo que sustentar uma segunda família.

Seu Raul estranhou:
— Segunda família?
— Sim. As despesas são muitas. Com você, porém, é diferente, porque você ganhou um carro. Mas para mim, que tinha de comprar um, a coisa era dura.

Seu Raul tranqüilizou-se. Sim: já tinha o principal, que era o automóvel. O resto seria sopa!
— Mas como é? — continuou. — Posso contar com você? Vamos dar um passeiozinho amanhã?

O compadre Pereira foi prudente:
— Calma, Raul. Vamos dar primeiro uns treinozinhos, aí numa rua sem movimento. Depois de dez anos, eu não posso pegar num carro e enfrentar esse trânsito maluco do Rio. No meu tempo era outra coisa. Não havia a confusão de hoje.

— Bem. Então vamos fazer o seguinte — disse Seu Raul. — Amanhã, você leva o carro até uma garagem que eu vou alugar. Fica aqui perto. Você aproveita para dar um treino. Está bem?

Ficou tudo combinado, e Seu Raul voltou para casa. Quando ali chegou, anunciou triunfalmente:
— O Pereira vai me ensinar a dirigir! Vocês não sabiam? Ele tem carteira há dez anos.

No outro dia, Pereira compareceu à casa do compadre. Estava pronto para levar o carro à garagem.
— Trouxe a carteira? — foi perguntando logo Seu Raul.
— Trouxe. Está aqui.

E Pereira mostrou a carteira cuidadosamente enrolada no plástico.
— Você sabe como é... Pode aparecer um guarda... — completou Seu Raul.

E Pereira, muito convicto:
— Claro. Deixe isso comigo.

Saíram os dois, Seu Raul de blusão, com um ar esportivo que ficava muito bem a um dono de automóvel, num fim-de-semana.

— Posso ir também, papai? — perguntou Mário.

— Não senhor. Vamos somente eu e o compadre Pereira. Você só faz atrapalhar.

Vieram todos para a janela, cheios de curiosidade: a família em peso queria ver a saída do carro. Pereira tomou assento ao volante. Embora não tivesse carro, acompanhara naqueles dez anos de carteira, pelas seções especializadas dos jornais, e em conversas, tudo o que havia sobre automóveis. Afinal de contas, no íntimo, nunca deixara de alimentar o sonho de ter um carro — e era preciso estar em dia. Assim, sabia quantas marchas tinha o Simca Tufão. Antes de ligar o motor, debreou, passou todas as marchas, dizendo, de cada vez, o nome delas. Seu Raul olhava-o maravilhado.

— Primeira... segunda... prise... ré... — ia dizendo Pereira.

Era a primeira vez que ia dirigir um carro com a alavanca em cima. Mas sentia-se absolutamente seguro.

— É a mesma coisa — comentou. — Depois você vai ver, Raul, como é fácil. Você aprende num instante.

Finalmente, ligou o motor; e, dessa vez, para valer, engrenou a primeira. Quando foi soltando a embreagem, o carro deu um solavanco e parou. Seu Raul afobou-se:

— Assim você quebra meu carro, compadre!

— Calma... calma... — respondeu Pereira, um tanto desconcertado. — Já sei o que foi. Esqueci de soltar o freio de mão.

Da janela, Mário comentou:

— Meu padrinho é um navalha.

— O quê, menino? — estranhou D. Eufrosina.

— Um navalha, mãe. Barbeiro. Está fazendo barbeiragem com o nosso carro.

Mas, já então, Pereira ligara novamente o motor e, daquela vez, solto o freio de mão, o automóvel rodou suavemente, até desaparecer na esquina.

Da esquina até a garagem era perto. Pereira não teve dificuldade em chegar ali: o trânsito era quase nenhum, e a rua ia em linha reta. Parou o carro. Seu Raul saltou e foi tocar a campainha da casa do camarada que ia alugar a garagem, de acordo com o combinado. O negociante não estava, mas a mulher veio atender: achava-se a par de tudo. Pediu ao Pereira que esperasse à porta da garagem, que ficava pegada à casa, e desapareceu por um momento. Logo depois, passando pelos fundos, veio abrir a garagem.

— Pode vir, Pereira — foi dizendo Seu Raul, enquanto assumia ares de quem ia orientar a manobra do carro. — Venha devagarinho.

Pereira, entretanto, botando a cabeça para fora do automóvel, lançou um olhar desconfiado para o interior da garagem. Em seguida, para surpresa de Seu Raul, em vez de pôr o carro em movimento, saltou, caminhou em direção ao compadre.

— Que é que há? — perguntou Seu Raul. — Que bicho mordeu você?

— Será possível que você não esteja vendo? — respondeu Pereira. — O carro não cabe nesta garagem. Se a gente botar ele aí dentro, a mala fica do lado de fora.

Seu Raul caiu das nuvens:

— Será possível?

E olhava desconsolado para o interior da garagem, e, depois, para o automóvel.

— Pode medir — insistiu Pereira, seguro do seu golpe de vista.

Seu Raul, teimoso, resolveu medir a palmo a parede da garagem, até o fundo. Depois, quando acabou de medir o carro, viu que ia ficar sobrando automóvel.

— Papagaio! — exclamou. — Nunca vi uma garagem tão pequena.

A mulher explicou, no seu sotaque de portuguesa:

— Nosso carro era mais pequeno. Era um Fiatzito.

Seu Raul capitulou:

— Vamos embora, Pereira.

Despediu-se da mulher, entrou no carro, e este se pôs lentamente em marcha, enquanto a mulher fechava a porta da garagem.

— E agora? — continuou Seu Raul. — Já sei que meu carro vai ficar de novo tomando chuva. Mas como é que esse idiota fez uma garagem tão pequena?

Enquanto dirigia, Pereira voltou a falar:

— Olhe aqui. Eu não disse nada antes porque pensei que a garagem servisse. Mas eu conheço uma, que fica perto daqui, onde você talvez arranje uma vaga.

— Então vamos lá, Pereira. Toque o carro pra lá. Não temos tempo a perder.

A· tal garagem, instalada num galpão enorme, ficava realmente perto. Havia muitos carros lá, mas Seu Raul, quando falou com o encarregado, soube logo que ainda havia algumas vagas disponíveis. O preço do aluguel era satisfatório: trinta cruzeiros por mês. Seu Raul topou o negócio.

— Está certo — disse ao encarregado. — Vou deixar o carro. Mas trate dele bem direitinho, tá bem? Você não vai se arrepender.

— Deixe comigo — respondeu firmemente o encarregado, limpando as mãos no macacão.

Estava resolvido o poblema. Seu Raul contou tudo em casa, e a família ficou descansada: o carro não ia mais dormir ao relento. Depois do almoço, Seu Raul foi de novo ao encontro de Pereira, que o esperava em casa para lhe dar umas explicações fundamentais sobre direção. Foi uma tarde de aulas teóricas — Pereira de lápis em punho, riscando esquemas num papel. Depois, fazendo do lápis a alavanca, ia explicando a engrenagem das marchas: primeira, segunda, prise, ré.

— É fácil — dizia.

Seu Raul concordava, rindo:

— É. É fácil, sim.

Mas tinha uma restrição prudente:

— O diabo é o trânsito.

De qualquer forma, quando voltou para casa, já ao anoitecer, estava convencidíssimo do seu progresso. E, na hora do jantar, com a família reunida à mesa, pegou a faca e, fazendo dela a alavanca do carro, foi repetindo a lição:

— Aqui embaixo é primeira... Aqui, segunda... Aqui, prise... E aqui, ré. É fácil, é fácil!

Mário deu um palpite:

— No Volkswagen é diferente. São quatro marchas para a frente.

Seu Raul irritou-se. E erguendo a alavanca, aliás, a faca:

— Cale a boca. Ninguém lhe perguntou nada.

No domingo, Seu Raul acordou alvoroçado:

— Eufrosina, vamos ver o carro?

As filhas também queriam ir.

— Então mudem a roupa, vamos! — ia Seu Raul dando ordens. — Vamos. Você também, Mário. Andem logo. Enquanto vocês se arrumam, vou chamar o Pereira.

E foram todos pegar o bonde na esquina — para ir ver o automóvel na garagem. O encarregado estava dando a última demão na limpeza dos vidros. Seu Raul ficou satisfeito:

— Muito bem. Assim é que eu quero ver. Capriche, rapaz. Capriche, que no fim do mês eu converso com você.

A família reuniu-se em volta do carro.

— O senhor vai sair? — perguntou o encarregado.

— Não... não... — respondeu Seu Raul, meio encabulado. — Nós viemos somente ver o carro.

— Ele ainda vai tirar carteira — atalhou Mário.

Seu Raul pisou nos calos:

— Sim. Ainda vou tirar. E daí? Ninguém nasce sabendo dirigir automóvel.

Pereira resolveu entrar na conversa, para tirar a má impressão daquele palpite do afilhado:

— O compadre já sabe alguma coisa. Dirigir automóvel não é bicho-de-sete-cabeças. O compadre já conhece as marchas.

E tendo, de repente, aquilo que lhe pareceu uma idéia providencial:

— Raul, vamos fazer uma experiência? Vamos, entre, pegue na alavanca. Veja se ainda se lembra das marchas. Vamos, entre!

Seu Raul entrou, ainda meio encabulado. Pereira tomou assento ao lado dele.

— Vamos! — disse. — Pise na embreagem. Isto! Agora, vamos! Primeira... Isto, muito bem!

Seu Raul sorriu.

— Agora, para cima, para engrenar segunda... Isto! Não tire o pé da embreagem.

E assim, instruído pelo compadre, Seu Raul engrenou todas as marchas, e repetiu várias vezes a operação, admirado do que fazia.

— Não lhe disse? É fácil — insistia Pereira.

E tantas vezes Seu Raul engrenou e reengrenou as marchas, que no fim, sem que Pereira lhe dissesse mais nada, ele já engrenava as marchas e ia dizendo em voz alta o nome de cada uma delas.

— Ótimo! — exclamou Pereira.

E olhando em volta do carro, a examinar o interior da garagem:

— Sabe de uma coisa? Há muito espaço aqui. Quer fazer uma experiência? Vamos ver se você arranca com o carro.

— Você acha que eu já posso? — perguntou timidamente Seu Raul.

— Claro! Você vai ver como é fácil. Não tem nada na frente. Você vai em linha reta, até ali. Vamos!

E foi mandando, e Seu Raul obedecendo:

— Ponha a alavanca em ponto morto. Isto! Ligue a máquina... Assim, torcendo a chave... Isto! Agora, empurre este botão... Isto! Pise no acelerador... Aqui, aqui. Isto!

Já então o motor começara a funcionar. Ao ouvir o ruído, Seu Raul ficou meio atarantado.

— Calma! — pedia Pereira. — Você vai ver como é fácil. Agora, pise na embreagem... Isto! Só solte o pedal quando eu mandar. Engrene primeira, vamos. Isto! Solte o freio de mão. Assim... assim. Muito bem. Agora, preste atenção! Vá pisando no acelerador e soltando devagarinho o pedal da embreagem.

— Saia da frente, gente! — gritou Seu Raul para os filhos, antes de executar a última ordem de Pereira.

Mas o carro, na saída, morreu.

— Não há de ser nada — disse Pereira. — Vamos repetir tudo de novo.

Repetiram, e o carro, para grande espanto de Seu Raul, saiu rodando em frente. Mas, logo em seguida, ouviu-se um berro do Pereira:

— Tire o pé do acelerador, Raul!

E cada vez mais afobado:

— Tire, tire o pé. Olhe o freio, depressa! Não mexa no volante!

E Pereira, nervoso, meteu ele próprio o pé no freio, para salvar a situação. Mas já era tarde. Ouviu-se um ruído de vidro se quebrando e de lata se amassando. O carro, realmente, parou; mas o pára-lama dianteiro tinha pegado numa coluna, contra a qual se espatifou o vidro do farol. O encarregado da garagem correu para perto:

— Puxa! Que pena! Um carro novinho...

Seu Raul levou as mãos à cabeça:

— Que azar! Não é possível!

— Saia, papai, saia — dizia Mário. — Venha ver como ficou.

Seu Raul desceu do carro como uma bala.

— Que desgraça! Que desgraça! — exclamava, sem tirar as mãos da cabeça.

E virando-se para Pereira:

— Fácil, não é? É muito fácil! Na boca é fácil!

— Calma, compadre! — clamou o outro.

E D. Eufrosina:

— Calma, Raul! Calma!

Finalmente, Seu Raul se acalmou. Uma grande palidez lhe cobria o rosto. Caiu num estado de prostração:

— Meu carro!

O encarregado da garagem procurava consolá-lo:

— Que é que há, Seu Raul! Carro é assim mesmo. Todo carro bate. Qualquer motorista pode passar por isto. Não há de ser nada. Aqui nos fundos tem uma oficina. Num dia eles consertam isto. É uma lanternagem à-toa.

Aos poucos, Seu Raul foi-se conformando. Por fim, já refeito, pôs a mão no ombro do encarregado da garagem:

— Confio em você, rapaz. Mande ver em quanto fica o serviço. Amanhã eu passo por aqui. Quero que o pára-lama fique como antes.

— O senhor não vai nem notar — garantiu o encarregado.

Foi triste o retorno da família. No bonde, ninguém disse uma palavra. Seu Raul fumava cigarro sobre cigarro, olhando apaticamente a rua. Pereira, atrás, sentado ao lado de Mário, soltava de vez em quando um suspiro. Quando chegaram à vila, D. Eufrosina convidou Pereira para entrar. Pereira se escusou: ia para casa, tinha umas coisas para fazer. Foi quando Seu Raul, conciliatório, interveio:

— Me desculpe, Pereira. Me desculpe. Vamos entrar. Você, como meu amigo, não pode me abandonar numa hora destas.

— Não vou abandonar você, Raul — disse Pereira, com um ar compungido. — Compreendo bem a sua situação. Mas tem uma coisa: é melhor você entrar para uma auto-escola. Eles lá têm prática de ensinar. Eu estou muito destreinado.

No dia seguinte, depois de uma noite mal dormida, Seu Raul correu à garagem. Uma surpresa aguardava-o: a lanternagem, incluindo o vidro do farol, ficava em vinte mil cruzeiros. Não adiantava pedir menos. O homem da oficina foi sumário:

— É bom o senhor mandar fazer logo, porque tudo está subindo. Para o mês já pode ser mais caro. O senhor sabe como é esse negócio de inflação.

Vinte mil cruzeiros! Onde é que Seu Raul ia achar vinte mil cruzeiros? Encheu-se de súbita coragem:

— Está bem. Pode fazer o serviço. Mas quero que fique cem por cento.

O homem da oficina tranqüilizou-o:

— O senhor nem vai saber mais onde foi que amassou. Daqui a dois dias está pronto.

Deixando a garagem, Seu Raul voltou à presença de Pereira. Ainda o alcançou em casa.

— Compadre, eu quero que você me desculpe — foi dizendo, ao entrar.

— Não se fala mais nisso — respondeu Pereira.

E Seu Raul desabafou. Não queria somente pedir desculpas. Precisava de uma orientação do compadre. A oficina cobrara vinte mil cruzeiros pela lanternagem. E ele não tinha o dinheiro. Mas mandara fazer o serviço, porque, se deixasse para mais tarde, iria fatalmente pagar mais. A inflação não esperava por ninguém.

— Faça um empréstimo no IPASE — sugeriu Pereira. — Você, como funcionário público, tem direito. É tratar logo dos papéis.

Seu Raul gemeu:

— Compadre, você também é funcionário público. Sabe como é esse negócio de burocracia. Eu entro com os papéis do empréstimo, e o dinheiro sai um ano depois, a poder de despachante. E eu preciso do dinheiro para daqui a dois dias, no máximo. Você já imaginou?

Pereira soltou um suspiro:

— Bem... Se eu tivesse o dinheiro, lhe emprestava. Mas o diabo é que eu não tenho. Estou duro.

Seu Raul sacudiu a cabeça:

— Sei, compadre. Sei. Mas será que você não podia me dar uma orientação qualquer?

— Bem... A melhor orientação que eu podia lhe dar, era você botar o carro no seguro. Mas isso tinha de ser antes. Além do mais, o seguro também custa dinheiro.

— Fico no mesmo — murmurou Seu Raul. — Fico no mesmo. Já pensei até em vender a televisão.

— Para depois comprar outra, mais caro? — atalhou Pereira. — Isso não resolve.

E depois de uma pausa:

— Olhe aqui. Conheço um camarada que empresta dinheiro a juros. Há muito tempo que eu não me encontro com ele. Não sei se ele estaria disposto a arranjar o dinheiro para você. Em todo o caso, não me custa nada ir procurá-lo. Vou ver se falo com ele ainda hoje. Depois lhe darei uma resposta.

Seu Raul alvoroçou-se:

— Ótimo, compadre. Esta é a solução. Dinheiro de particular é bom, porque sai logo.

— É a única coisa que eu posso fazer por você — finalizou Pereira. — Mas você tem de arranjar um avalista.

— Um avalista?

— Sim, um avalista.

— Engraçado, compadre — ponderou Seu Raul, desconsolado. — Um avalista. Você dizendo assim, é muito fácil. Mas onde é que eu vou arranjar um avalista?

— Olhe, compadre, isso eu não sei — respondeu Pereira. — Em geral, esse pessoal que empresta dinheiro exige que o avalista seja negociante, ou proprietário. Isto quer dizer que eu, infelizmente, não posso ser avalista.

E consultando o relógio:

— Bem, compadre, você vai me dar licença. Tenho de sair agora mesmo. Pode deixar, que eu falo com o homem. E você vá tratando de arranjar o avalista.

Pobre do Seu Raul! Saiu com o problema na cabeça. Na repartição, um colega, depois de ouvi-lo, deu-lhe um conselho:

— Ponha o seu carro no seguro.

— Ora bolas! — protestou Seu Raul. — Se eu não tenho dinheiro para pagar a lanternagem, como é que eu vou botar o carro no seguro?

— Você não entendeu a jogada? Procure saber o preço do seguro, e faça logo um empréstimo que dê para pagar a lanternagem e o seguro de uma vez. De uma cajadada você mata os dois coelhos.

— E o avalista?

— Ah, isso você arranja. Olhe aqui, converse com o Quintela, da tesouraria, que ele sabe de uns macetes. Mas não diga que falou comigo, não.

Na hora do lanche, Seu Raul correu à Companhia Seguradora América do Sul, que ficava na Rua do Ouvidor, e cujo endereço o chefe do serviço de transportes do Ministério lhe deu. No balcão, um funcionário veio atendê-lo, e num instante fez o cálculo do seguro, depois de se informar da marca e do modelo do carro. Seu Raul quase desmaia: o seguro ficava em cerca de trezentos mil cruzeiros, com todos os riscos.

— Depois eu volto — disse Seu Raul.

Na rua, quase cambaleando, desabafou:

— Ladrões!

De volta à repartição, procurou novamente o chefe do serviço de transportes, o Honório, e contou-lhe o resultado da consulta.

— Bem... — disse o Honório. — O senhor queria ir lá, eu lhe dei o endereço. Mas esse negócio de seguro é espeto. É melhor a gente entregar logo o carro a eles de uma vez.

Um motorista do Ministério, um camarada magro, de bigode, que estava perto e ouvia a conversa, deu a sua opinião:

— Esse negócio de seguro só é bom no papel. Na hora de pagar, eles inventam tanto troço que só com advogado a gente consegue receber alguma coisa. O negócio é cada qual pagar a sua oficina e pedir a Deus para não bater.

Seu Raul saiu arrasado. Passou pela tesouraria, para falar com o Quintela — mas não conseguiu. Quintela saíra mais cedo naquele dia.

— Que azar! — exclamou Seu Raul.

E voltou para casa sem ter resolvido nada. Ao passar, entretanto, pela casa do Pereira, encontrou uma notícia consoladora: o tal camarada do dinheiro podia arranjar os vinte mil cruzeiros.

— Ele dá o dinheiro na hora — disse o Pereira. — Só depende do avalista.

Mais uma noite passou o pobre do Seu Raul sem dormir direito. Quando se lembrava da história do seguro, repetia consigo mesmo:

— Ladrões! Ladrões!

E o problema subsistia: precisava do avalista para levantar o dinheiro da lanternagem que estava sendo feita.

No outro dia, ao chegar à repartição, foi direto à tesouraria. Lá estava o Quintela, contando dinheiro no guichê. Eram bons camaradas, e deu um jeito de atendê-lo ali mesmo. Seu Raul contou-lhe toda a história. Quintela coçou o queixo:

— Olhe aqui. Conheço um camarada que trabalha com fianças de aluguel de casa. Às vezes, dependendo do caso, ele também avaliza títulos. Mas cobra uma comissãozinha.

— Comissãozinha de quanto?

— Bem... Você sabe como é. Esse pessoal é de morte.

— Sim. Mas de quanto é a comissão?

— Vinte por cento.

— Papagaio! — exclamou Seu Raul.

E Quintela:

— E ainda faz favor, Raul. E ainda faz favor. Só na camaradagem é que a gente consegue isso. Se você quiser, pode falar com ele hoje mesmo. É só levar um bilhetinho meu, de apresentação.

Não havia outro caminho. A lanternagem estava sendo feita, e Seu Raul precisava do dinheiro. Foi procurar o tal avalista, num escritório que ficava na Rua da Alfândega. Depois de cumpridas umas tantas exigências, e de idas e vindas à repartição do Pereira, que o apresentou ao agiota, saiu o dinheiro. No fritar dos ovos, Seu Raul assinou uma letra de trinta e cinco mil cruzeiros, para cobrir as despesas de juros e da comissãozinha do tal camarada do Quintela. Em todo o caso, o prazo era bom. Compensava. Agora, era pagar a lanternagem — e pronto!

O serviço da oficina ficou realmente uma maravilha. Nem parecia que o carro havia batido. Seu Raul chegou em casa satisfeitíssimo. E anunciou triunfalmente:

— Tudo resolvido. Vocês não imaginam. O carro está melhor do que antes. E outra coisa: amanhã vou me matricular na auto-escola.

D. Eufrosina assumira um ar de mistério, parecendo alheia às palavras do marido.

— Que é que há, mulher? — reclamou ele. — Que cara é essa? Desembucha!

— Você sabe, Raul... — começou a falar, finalmente, D. Eufrosina. — Há muitos dias que eu estava para lhe dizer uma coisa. Mas não queria que você se zangasse...

— Fale, mulher! Pelo amor de Deus, desembuche! Você nunca teve segredos para mim.

— Você não se zanga?

— Zangar como, minha filha? Não estou entendendo nada. Fale!

Timidamente, D. Eufrosina foi soltando aos poucos aquilo que lhe parecia uma bomba:

— Eu estive pensando, meu filho... Você bem que podia procurar Valdemar. Afinal de contas, ele é nosso genro. Pensando bem, ele podia ajudar muito você, agora.

Seu Raul transfigurou-se. Ah, o genro! Valdemar o motorista, marido de Gracinda — era seu genro! Naquela confusão toda, chegara a esquecer esse detalhe tão importante: Valdemar era motorista. Para dizer a verdade, no dia da batida do carro, pensara, por um momento, em Valdemar — mas o pensamento ficara bem escondidinho no fundo da sua alma. Não dissera nada a D. Eufrosina, por uma questão de orgulho: não queria entregar os pontos. Estava brigado com o genro, e achava que não devia dar sinal de fraqueza. Mas agora, que D. Eufrosina tomara a iniciativa de tocar no assunto, Seu Raul encontrava um bom pretexto para a reconciliação. Em suma, a idéia não era dele — era da mulher. Entretanto, ainda por uma questão de orgulho, quis fazer-se de rogado:

— Não. Eu não posso procurar Valdemar. Não fica bem.

— Não fica bem, por que, meu filho? — insistiu D. Eufrosina, animada com a fraca reação do marido. — Valdemar não brigou com você. Foi você que brigou com ele. Esqueça tudo que houve. Ele é nosso genro. É casado com uma filha nossa. Você tem de fazer as pazes com ele.

— Você acha, Eufrosina?

A mulher, vendo que o marido cedia, reforçou os seus argumentos:

— Claro, Raul! Você já pensou? Temos um motorista na família, um motorista profissional, e estamos com o nosso automóvel parado. Quantos passeios a gente já podia ter feito! Domingo passado, por exemplo, fez um dia tão bonito, e nós ficamos enfurnados dentro de casa. Podíamos ter feito um piquenique na Ilha do Governador, ou no Recreio dos Bandeirantes. Você já pensou?

Seu Raul não perdeu mais tempo:

— Está bem, Eufrosina. Está bem.

Agarrado à idéia daqueles passeios domingueiros, com que a mulher lhe acenava, a família rodando de automóvel, com o genro dirigindo, e dirigindo bem, porque era motorista profissional, de carteira e tudo — Seu Raul pensou com os seus botões: "A gente nunca deve dizer: desta água não beberei."

E concordou, de alma limpa, com a reconciliação promovida por D. Eufrosina.

Naquele mesmo dia, depois da janta, os dois resolveram procurar o Valdemar. Era a hora ideal para pegá-lo em casa. Seu Raul, já com outro ânimo, ia pensando: "Esta é que é a verdade: que sorte a Gracinda ter casado com um motorista!" D. Eufrosina apanhou o papelzinho com o endereço, e partiu de braços dados com o marido.

Valdemar podia esperar tudo — menos aquela visita. Quando foi abrir a porta, quase cai para trás. Mas logo Seu Raul, num impulso, para se pôr à vontade e levar de roldão, ao mesmo tempo, o possível constrangimento do genro — estreitou-o num abraço efusivo, como se nada houvesse acontecido entre ambos.

— O que passou, passou — dizia, batendo com as mãos nas costas do genro. — Você é como se fosse meu filho, Valdemar. O que passou, passou.

E aquela efusão não tardou a misturar-se com as lágrimas de emoção de D. Eufrosina e Gracinda, que também se abraçavam. Por fim, os quatro se revezaram nos abraços, e a reconciliação desceu mansamente sobre eles. Um café quentinho, fresco, feito na hora, foi servido em seguida, e deu a todos um ânimo novo. Começaram a conversar. E a conversa recaiu, como era de esperar, no automóvel.

— Eu soube logo — disse Valdemar. — Li nos jornais a notícia.

Foi o bastante para Seu Raul ficar impressionado com a discrição do genro. Qualquer outro, ao saber da notícia do automóvel, teria corrido para fazer as pazes com o sogro. Que belo caráter tinha Valdemar! Não perdera a linha.

Quando mais animada ia a conversa (e o assunto era sempre o automóvel), D. Eufrosina cometeu aquilo que, depois, à saída, Seu Raul iria classificar de "mancada".

— Mas nós também tivemos um azar danado — foi dizendo a mulher. — Logo na primeira semana, Raul amassou o pára-lama do carro.

— O pára-lama? — repetiu Valdemar, como se não houvesse entendido bem.

Mas já Seu Raul, de cara amarrada, cortava a conversa:

— Vamos mudar de assunto, Valdemar. Foi uma coisa à-toa. Não se fala mais nisso. O que eu quero é comemorar com vocês o prêmio. No domingo, estamos esperando vocês para uma feijoada. Vocês vão conhecer então o automóvel.

No domingo, efetivamente, Valdemar e Gracinda compareceram à feijoada. Depois do almoço, toda a família saiu para ir ver o carro na garagem. Valdemar comentou com segurança:

— É carro para muitos anos.

— Vamos dar uma volta? — insinuou Seu Raul.

Todos aprovaram a idéia. E, logo em seguida, com Valdemar no volante, a família saía para o seu primeiro passeio de automóvel.

— Vamos à Quinta da Boa Vista! — comandou D. Eufrosina.

Foram, e rodaram o resto da tarde. Seu Raul fazia planos:

— Domingo que vem, vamos a Sepetiba. Mas temos de sair cedo, para aproveitarmos bem o dia.

Outros domingos vieram. E a família, sempre com Valdemar ao volante, andou rodando por todo o Rio de Janeiro. Seu Raul, entusiasmado com o seu progresso na auto-escola, falava da carteira que estava para tirar:

— No dia do exame você vai comigo, para assistir, não é, Valdemar?

— Se eu estiver de folga, vou — disse o genro. — O senhor vai passar. Na véspera, a gente pode dar uns treinos.

— Ótimo! — vibrava Seu Raul.

Para certo domingo, as moças programaram um banho de mar. Pediram a Valdemar que chegasse bem cedo. Precisavam de maiôs, e D. Eufrosina teve de recorrer à bolsa do marido. Seu Raul não gostou da idéia:

— Que diabo! Com o dinheiro desses maiôs a gente podia comprar gasolina.

Mas as filhas não abriam mão do banho de mar, achando que era um programa ótimo, e Seu Raul teve de ceder. D. Eufrosina, acompanhada das moças, comprou uns maiôs muito bonitinhos, e baratos, numa liquidação. No sábado, à noite, as moças só faziam pedir:

— Tomara que faça um sol bem bonito amanhã!

Fez realmente um dia lindo, e às nove horas em ponto, com as saídas-de-banho por cima dos maiôs, as moças embarcaram no automóvel. D. Eufrosina não aderira:

— Estou muito gorda para botar maiô.

Mas fez companhia às filhas. Valdemar comprou também um maiô para Gracinda, porém ela, na hora H, resolveu ir mesmo de vestido, como a mãe, alegando que, naquele começo de gravidez, o maiô ia ficar-lhe muito feio. Valdemar solidarizou-se com a mulher:

— De outra vez eu tomo banho com vocês.

E os banhistas ficaram sendo apenas as três moças, e Mário, que pedira um calção emprestado a um colega de colégio.

— Vamos, gente, vamos! — dizia Seu Raul, apressado, com um blusão amarelo que D. Eufrosina costurara na véspera.

— Para onde é mesmo que vocês querem ir? — perguntou Valdemar, já com o motor do carro ligado.

— Vamos para o Arpoador — disse uma das moças.

— É a melhor praia que existe hoje no Rio. Vocês não viram aquela reportagem no *Cruzeiro?*

— Uma maravilha! — exclamou a outra moça. — Copacabana nem chega aos pés.

E, em meio ao entusiasmo das moças, a família partiu, finalmente, para a sua estréia na Zona Sul.

Mas o programa ficou longe de ser o que eles esperavam. Quando chegaram ao Arpoador, ficaram em volta do carro, deslocados. Não tiveram ânimo para enfrentar aquela multidão de banhistas grã-finos, com tantos biquinis desfilando na areia. As moças chegaram a tirar as saídas; mas, logo em seguida, as vestiram de novo, porque começaram a olhar para elas, com curiosidade e espanto: as filhas de Seu Raul eram as únicas moças que estavam de maiôs inteiros ali.

— Puxa! Aqui só dá biquini — comentou Mário.

E Seu Raul:

— Essa gente só falta andar nua.

Mas o pior foi um comentário que D. Eufrosina ouviu, partido de um grupo de brotos que ia passando, na base do duas-peças:

— O Arpoador está perdendo a classe. Está dando suburbano às pampas!

D. Eufrosina bufou:

— Vamos embora, meninas. Vamos embora. Esses grã-finos são muito metidos a besta.

E partiram para a praia de Ramos, onde tinham estado algumas vezes, antes de ganharem o automóvel. Mas, quando o carro ali chegou, eles sentiram-se igualmente deslocados. Agora, que tinham um automóvel tão bacana, a praia do subúrbio parecia muito abaixo deles. Ficaram também em volta do carro, olhando superiormente a sujeira da praia, a gente humilde que se comprimia ali. De repente, duas crioulas passaram por eles, carregando umas bóias de pneu. E uma delas, olhando, por cima do ombro, as filhas de Seu Raul, comentou com a outra:

— Eu não sei o que é que esses grã-finos vêm fazer aqui.

A manhã, praticamente, já passara, era quase meio-dia, e a família resolveu desistir do banho de mar. Embora por outros motivos, também ali eles foram olhados com curiosidade e espanto, na exibição daquele carro de luxo.

— Sabem de uma coisa? — disse Seu Raul. — Vamos para casa pegar a bóia.

Entraram todos novamente no carro, meio murchos, e caíram fora. Mas D. Eufrosina teve uma palavra de consolo:

— Depois do almoço, vamos ao Corcovado. Vai ser um passeio e tanto!

— Mas é bom a gente levar uns sanduíches — lembrou Seu Raul, prudentemente. — Aquele bar do Corcovado é caro pra burro!

Veio, finalmente, o dia do exame. E Seu Raul passou.

— Olhem aqui! Olhem aqui! — bradava, mostrando envaidecido o papagaio da Inspetora de Trânsito. — Agora vai acabar esse negócio de andar de trem.

Quando ele se acalmou, D. Eufrosina o levou até o quarto:

— Venha cá, Raul. Quero lhe dizer uma coisa. Tudo está muito bem. Mas eu queria lhe falar sobre um assunto.

— Pois fale, mulher! — respondeu ele, enquanto guardava o papagaio. — Fale. Vá falando!

D. Eufrosina sentou-se na cama:

— Eu queria lhe falar sobre o automóvel.

— Sobre o automóvel?

— Sim. Valdemar esteve conversando muito tempo comigo. E ele tem razão.

— Razão, como? Que história é essa de razão?

— Calma, Raul, calma — pedia a mulher. — O negócio é o seguinte: Valdemar acha que você devia vender o carro.

— Vender o quê?

— O carro, Raul. Valdemar acha que você não está em condições de ter um carro como esse.

— Ele disse isso?

— Disse, Raul. Mas disse para seu bem. Ele acha que você devia vender o carro e, com o dinheiro apurado, comprar uma casa para a gente. Pelo menos, dar de entrada, e ir pagando o resto em prestações. Nós precisamos mais de uma casa que de um carro.

— Ah, ele disse isso, não é? volveu Seu Raul. — Você ainda cai da cama e chora, Eufrosina. Esse cara está é com inveja de mim. Vender meu carro! Era só o que faltava! Logo agora, que eu estou com a carteira tirada. Essa é boa!

— Calma, Raul. Você está sendo injusto. Valdemar não está com inveja de você. Ele sabe o que é carro. Ele é um motorista profissional.

Seu Raul estrilou:

— Motorista profissional! E daí? A carteira dele vale tanto quanto a minha. Que adianta ele ser motorista profissional, se não tem carro? Eu sou amador, mas pelo menos tenho o meu automóvel. E não vou vender ele coisa nenhuma!

— Espere aí, Raul — insistiu D. Eufrosina. — Valdemar ainda disse outra coisa.

— Outra coisa, como?

— Ele disse que você, em último caso, podia vender o automóvel, comprar um carro mais barato, usado, e com o resto do dinheiro dar de entrada numa casa para a gente.

— Essa, não — zombou Seu Raul. — Comprar um carro usado! Valdemar quer ver é minha caveira. Era só o que faltava! Carro usado! Com um carro usado, eu ia trabalhar o resto da vida para dar dinheiro a dono de oficina.

E categórico:

— Não senhora. Não vendo meu carro não! Eu vou é gozar dele. E quem não gostar, que não goste.

— E a casa, meu filho, a nossa casa? — clamou a pobre D. Eufrosina, num último esforço para demover o marido.

— Tudo virá a seu tempo — finalizou Seu Raul.

E saiu para mostrar o papagaio ao seu compadre Pereira.

À noite, já na cama, D. Eufrosina, definitivamente vencida, pediu-lhe:

— Eu só quero é que você não vá brigar de novo com Valdemar. Lembre-se que Gracinda está grávida.

— Está bem, está bem — prometeu Seu Raul. — Não se fala mais no assunto. Mas me faça um favor: diga a Valdemar para deixar de dar palpite. Eu não vendo meu carro a ninguém.

Passaram-se dois meses. Durante esse tempo, Seu Raul não largou o automóvel. Só ia de carro para a repartição. À tarde, quando voltava para casa, trazia o carro cheio de caronas — os seus colegas de trabalho, entre os quais passou a ter um bruto cartaz. Nos fins de semana, era aquilo que se via: passeios, piqueniques, com a família andando de carro. Vivia num verdadeiro mar de rosas, apesar das aperturas por que passava para pagar as letras do empréstimo. Mas o pior estava para vir. Num sábado, Seu Raul foi buscar o carro na garagem. Estacionou na rua, fechou o carro com todo o cuidado, deu uma espiada nele, para ver se tudo se achava em ordem: o carro estava brilhando. O rapaz da garagem dera um polimento que fazia gosto. Parecia até que o automóvel estava mais novo. Seu Raul foi para casa almoçar. Depois do almoço, ia sair com a família, tinham marcado um passeio a Cascadura.

— Tire o almoço, Eufrosina — pediu, enquanto lavava as mãos no banheiro.

Quando se sentou à mesa, com os filhos em volta, ouviu um estrondo na rua. Que teria sido? Levantou-se precipitadamente, quase derrubando a cadeira.

— Espere aí, Raul, espere aí — dizia D. Eufrosina. — Aonde você vai?

Mas já Seu Raul saíra. Ao chegar à porta da rua, viu um ajuntamento de pessoas à entrada da vila. Os vizinhos, nas janelas, olhavam de um modo estranho para ele. Não era possível! Quando Seu Raul chegou perto, quase desmaia:

no local onde deixara antes o carro, estava agora um montão de ferros amassados.
— Mas o que foi?... Como foi?... — perguntou o pobre homem, inteiramente tonto, sem acreditar no que via.
— Foi a maior batida que eu já vi na minha vida — comentou um camarada que fazia parte do grupo ali reunido.

Perto, meio atravessado na rua, estava um caminhão enorme, um FNM do Estado, com o pára-choque comprimindo o montão de ferros amassados. Quando Seu Raul, afinal, se convenceu que o montão de ferros amassados era o seu antigo automóvel, começou a chorar. A essa altura, a família, que saíra no seu encalço, já se reunira a ele. E, dentro em pouco, todos choravam como se houvesse morrido alguém.

— Meu carro! Meu carro! — clamava Seu Raul.

A muito custo, D. Eufrosina conseguiu levá-lo de volta para casa, acompanhada dos filhos. Mário, coitado, com ar de palerma, ficou com o seu padrinho Pereira, que, diante da impossibilidade de o compadre, no seu estado de desespero, tomar qualquer providência, resolveu tomá-las ele próprio. Afinal de contas, depois de uma boa meia hora, Pereira entrava na casa de Seu Raul, acompanhado de um guarda, de algumas testemunhas e do chofer do caminhão. Iam todos para o distrito, e Seu Raul devia acompanhá-los. Pereira relatou o ocorrido:

— O motorista do FNM foi fechado por um lotação. O lotação fugiu. Havia testemunhas, mas ninguém teve tempo de tomar o número da placa. Para livrar do poste, o motorista do FNM deu um golpe de direção. E foi bater bem em cima do automóvel.

— Meu carro! Meu carro! — continuou a clamar Seu Raul. — Ai, meu Deus! Que é que eu vou fazer agora?

— Eu acho que é melhor chamar um médico — sugeriu o guarda, dirigindo-se a D. Eufrosina.

E para Pereira:

— Bem. Nesse estado, ele não vai poder ir ao distrito. Só o senhor indo no lugar dele. É bom o filho dele ir também. Lá a gente resolve tudo.

— Resolve o quê, Seu guarda! Ai, meu Deus! Meu carro!

Foi uma coisa patética. Mas, na verdade, Seu Raul ficou para sempre sem o seu belo automóvel. O caminhão do Estado, é claro, estava segurado contra terceiros. Entretanto, mais tarde, quando Seu Raul, mal refeito do golpe, compareceu ao distrito, em companhia de Valdemar, a autoridade policial foi sumária:

— É uma ação que vai demorar. O senhor sabe como é esse negócio de seguro. A culpa foi do lotação. Houve testemunhas. E o lotação fugiu. De modo que a melhor coisa que o senhor tem a fazer é contratar um advogado.

Seu Raul saiu arrasado. Era só o que faltava! Contratar um advogado! Contratar, como? Onde ia ele achar dinheiro para contratar um advogado? Voltou para casa em companhia de Valdemar. Houve um verdadeiro conselho de família. Seu Raul não sabia o que fazer. Só o genro estava calmo, com absoluto controle da situação. Seu Raul apelou para ele:

— Vamos, Valdemar. Diga uma palavra. Eu não tenho cabeça para pensar.

Cada vez mais calmo, e encarando o problema com o mais impressionante realismo, Valdemar deu a sua opinião:

— Bem, Seu Raul. Eu acho que não vale a pena o sonhor abrir uma questão com o Estado. Isso seria um nunca-acabar. Por outro lado, o seguro vai criar as maiores dificuldades. O senhor sabe como é esse negócio de seguro. O dinheiro pode sair, mas vai demorar pra chuchu. Só mesmo com advogado, como disse o comissário.

— E o que é que eu devo fazer, Valdemar? — atalhou o homem, entregue ao seu desalento.

— Bem. Só resta uma coisa a fazer, no seu caso — continuou Valdemar. — É dar o assunto por encerrado, e vender o carro como ferro velho. O senhor ainda apura algum dinheiro. Não deve ser grande coisa, porque o carro ficou escangalhado. Mas o senhor sempre apura algum.

Era duro. Mas Seu Raul não teve outra coisa a fazer. Deixou Valdemar encarregado de tudo. À tarde, veio um reboque buscar o que ficara do automóvel. Seu Raul, como alguém que, no auge da dor, faz questão de ver sair o caixão de um parente querido, foi até à entrada da vila. Ali, em volta dele, a família se reuniu, inclusive Gracinda e Valdemar. E, assim reunidos, os rostos tristes, viram o reboque ir desaparecendo na rua, arrastando atrás de si o montão de ferros amassados. Era tudo que restava do automóvel sorteado.

Na terça-feira, Valdemar veio trazer-lhe o dinheiro da venda da sucata. Seu Raul parecia muito calmo. Recebeu o dinheiro e guardou-o na gaveta: estava garantido, pelo menos, o pagamento das outras letras do empréstimo. Depois ia ver o que faria com o resto, que efetivamente não era grande coisa. Apanhou a pasta, e despediu-se da mulher. Ia para a repartição.

— O senhor quer uma carona? — perguntou Valdemar.
— Eu estou aí fora com o carro do Ministério.

Seu Raul recuou, segurando a pasta:

— Não, meu filho. Eu vou mesmo no meu trenzinho parador.

A CARTA

De (Histórias ordinárias)

Tudo aconteceu como Amaral premeditara. Fora uma decisão tomada sem pressa, duas semanas antes, tempo que lhe bastou para assegurar ao seu plano todas as condições de êxito. Ninguém, em casa, suspeitou de nada, tal o cuidado com que ele agira, no desenvolver da sua estratégia. É verdade que a mulher estranhou, em algumas ocasiões, o silêncio dele, à mesa, onde já não fazia as reclamações costumeiras.
— Que é que está havendo com você? — perguntava a mulher.
Amaral encolhia os ombros:
— Nada. Estou pensando na vida.
E dissimulava, num alheamento, tomando a sopa, a decisão extrema que tinha em mente, prevista em todos os detalhes, nutrida e amadurecida no correr daquelas duas semanas. E o que parecia resignação era, realmente, tática. Operara-se nele uma grande mudança. Mas isto não constituiu motivo de preocupação mais séria para a família, porque Amaral, passando a pensar tanto na vida, que em outra coisa estaria pensando, senão na família? Que pensasse, pois! E, naqueles longos, inusitados silêncios, a ler os jornais, a evitar as habituais discussões domésticas, ia ele acariciando tranqüilamente o seu plano. Esperava apenas o momento oportuno para pô-lo em prática. E esse momento veio uma noite, quando a mulher e os filhos — duas moças e um rapaz — resolveram ir, incorporados, ao cinema do

bairro, onde estavam levando um filme mexicano muito bonito, com música de Agustin Lara.
— Você não vem conosco? — perguntou a mulher.
E Amaral:
— O Afonso não vai?
— Vai.
— Então não é preciso eu ir.
— Por quê?
— Eu tenho de terminar um relatório. Só iria se vocês não tivessem um cavalheiro. Mas o Afonso vai com vocês. Nesse caso eu fico, para terminar o relatório.
— Venha se distrair um pouco, papai — disse uma das filhas.
— Outro dia eu vou — respondeu Amaral. — Hoje não posso. Tenho de ver esse relatório.

Saíram, porque já estavam em cima da hora, e, quando a porta se fechou sobre eles, Amaral se viu sozinho em casa. Levantou-se, foi até o quarto dos fundos, transformado em depósito, desde que a família resolvera, por economia, dispensar a empregada, e de lá voltou com uma pequena mala de papelão, que usava nas suas eventuais viagens ao interior, a serviço do escritório. Na área, pegou o pano de tirar poeira, e com ele limpou cuidadosamente a mala: estava precisando mesmo de uma limpeza. Dirigiu-se ao quarto, abriu a mala em cima da cama, e em seguida o armário, de onde tirou algumas peças de roupa: dois ternos, lenços, cuecas, meias, camisas, e o seu melhor pijama. A mala não cabia mais nada, e bem pouco, aliás, tinha ele a deixar fora dela. Mas sempre arranjou um jeito, antes de fechá-la, dando por finda a arrumação, de lá introduzir os seus velhos chinelos caseiros. Depois, releu mais uma vez a carta que escrevera duas semanas antes:

"Edwiges: Estamos casados há vinte anos. Quando me casei, estava convencido de que a nossa vida haveria de ser um mar de rosas. Nos primeiros tempos, reconheço que foi. Você era boazinha para mim, fazia todas as minhas vontades. Tivemos três filhos. Lembra-se do trabalho que eles nos deram? Eu ganhava muito pouco, naquele tempo. Morávamos numa casinha pobre, em Vila Valqueire. Quando

Afonso nasceu, ficamos muito alegres, porque era o nosso primeiro filho varão. Lembra-se do medo que tivemos de ele morrer? Passávamos as noites em claro, ao lado da caminha dele, e ele ardendo em febre, tossindo, de coqueluche. Foram dias difíceis. Eu não tinha dinheiro para pagar médico, me valia de Seu Renato, da farmácia, que me fiava aqueles vidros de xarope. Bom homem, Seu Renato. Por fim, Deus ajudou, e vimos nosso filho crescer, sadio, enchendo a gente de esperança. Lembra-se de quando íamos com ele, e as meninas, passear no Jardim Zoológico? Depois, tudo foi mudando. Moramos em vários bairros, rolando de subúrbio em subúrbio, até que nos instalamos em nossa própria casa, comprada pelo Instituto, aqui na Aldeia Campista. Um dia, quando menos esperamos, nossas filhas estavam moças, e Afonso um rapaz. Começaram as brigas. Se eu ia chamar a atenção de um deles, você logo se virava contra mim. Lembra-se do dia em que peguei Marivalda, no portão, conversando com aquele sargento da Marinha, com quem ela andava namorando? Ainda bem que o namoro não foi adiante e eles não se casaram. Já imaginou o que seria de mim, com semelhante genro? Aí é que eu ia perder mesmo o resto da minha autoridade de chefe de família, com um sargento da Marinha dentro da minha casa, fardado. Depois, vocês acabaram se convencendo de que aquele namoro não servia. Mas no dia em que peguei Marivalda com o sargento, e mandei que ela entrasse, você e ela quase me deram na cara. Lembra-se? Ela disse que eu não mandava no coração dela, que eu era um chato. E você, em vez de me dar razão, achou que eu tinha humilhado Marivalda, mandando que ela entrasse. Chegou a dizer que, se você fosse o sargento, se sentiria desfeiteada. Só faltou dizer que o sargento devia ter me metido o sabre. E Léia? Léia, também, perdeu completamente o respeito por mim. Só me faz um carinhozinho quando vem me pedir dinheiro. Fora disso, é aquela arrogância que você bem sabe, embora não queira reconhecer. Se ponho na vitrola um disco de Vicente Celestino, meu cantor predileto, ela logo reclama. Diz que eu estou enchendo, com as minhas velharias. E você, que faz? Em vez de me prestigiar, diz que a vitrola é das meninas e que o meu tempo de ouvir música já passou. E eu, para não brigar, deixo Léia me massacrar com esses discos horrorosos de música americana, que ela tem a mania de ouvir com as amigas dela, achando que são legais à beça. Ninguém me tem consideração nesta casa, Edwiges. A começar por você. Viu o que Afonso me fez outro dia? Fui acordá-lo mais cedo, para ele ir tirar a carteira de identidade, e não havia meio de o menino sair da cama. Perdi a paciência, e chamei-o de preguiçoso. E que fez ele? Disse que preguiçoso era eu. Veja você! Esse pilantra me chamar de preguiçoso, a mim, que sou o burro de carga desta casa, que carrego no lombo vocês todos. É a paga que Afonso me dá pelas noites que perdi com ele, quando ele teve coqueluche. Enfim, meus filhos não me tratam como deviam. Apesar disso, se você, Edwiges, se mostrasse mais compreensiva comigo, eu ainda teria um consolo. Mas você tem sido muito ingrata, muito dura, ultimamente. Se passo no bar e tomo umas cervejinhas com os amigos, para esquecer as agruras da vida, quando chego em casa você me chama de pau-d'água, na presença dos nossos filhos. Como poderão eles me respeitar, se você é a primeira a me faltar com o respeito? Pensando bem, sou, hoje, um intruso nesta casa. Para mal dos meus pecados, você ainda traz sua mãe, de vez em quando, para passar temporadas conosco. Não é que eu desgoste de D. Eponina. Mas ela enche, Edwiges. Você sabe: tenho a minha cadeira, para ver televisão. Pois bem. Quando D. Eponina está aqui em casa, ela acha de sentar-se justamente na minha cadeira. Para evitar aborrecimentos, procuro me sentar em outro lugar, mas não há nenhum lugar como a minha cadeira, para ver televisão. Resultado: não tenho podido acompanhar direito as minhas novelas. Já pedi a vocês, várias vezes, para falar com D. Eponina para não se sentar na minha cadeira. E que faz você? Depois do jantar, você é a primeira a dizer a ela para se sentar na minha cadeira, que é de onde a gente vê melhor a televisão. E sua mãe fica lá, se babando, de óculos, vendo os melhores programas, inclusive as novelas que eu acompanho. Já pensei, até, em comprar uma televisão portátil, de umas pequenininhas, e me trancar com ela no quarto, deixando para vocês a da sala. Mas cadê o dinheiro? Todo o dinheiro que eu ganho é pouco para vocês. Você mudou muito, Edwiges. Eu não tenho o direito de abrir a boca nesta casa. Outro dia, discutindo comigo, até um jarro você jogou em cima de mim. Se eu não me tivesse abaixado, ligeiro, tinha levado com o jarro na cara. E tudo isso por quê? Porque eu, de brincadeira, disse que você precisava comer menos, pois estava engordando pra burro. É como eu já lhe disse, Edwiges: não tenho mais lugar nesta casa. Se eu tivesse coragem, me suicidava. Mas como não tenho, tomei a resolução de ir embora. Quando você chegar, não me encontrará mais aqui. Algum dia, talvez, vocês ainda sentirão minha falta. Mas não acredito muito nisso. Vou viver no meu canto. Afonso que durma até a hora que quiser. Quando Léia e Marivalda tiverem de casar, você resolva como melhor lhe parecer. Que façam bom proveito da vitrola. Minha cadeira, D. Eponina pode ficar com ela. E você, Edwiges, trate de arranjar em quem dê suas broncas. Eu não agüento mais. Adeus! — Amaral".

Dobrou a carta, meteu-a num envelope, e deixou-a sobre a cristaleira, em lugar bem visível: encostada num castiçal de cerâmica, que uma longa vela vermelha adornava. Decidido, apanhou a mala, apagando todas as luzes, e, fechada a porta da casa — lá estava ele na rua. Foi quando experimentou uma sensação desconhecida: diariamente, ao sair para o trabalho, era num desafogo que pisava a calçada, deixando atrás de si, com a porta que se fechava, o seu pequeno inferno de incompreensões domésticas. Agora, porém, que iria fazê-lo para sempre, em vez do desafogo, sentia um peso a comprimir-lhe o coração. E as pernas, em vez de o levarem, lépidas, calçada afora — fraquejavam. Pela primeira vez, não esteve bem certo se devia fugir. Talvez fosse melhor voltar, enquanto havia tempo. Supondo-se, afinal, um homem livre, descobria, de repente, ali na calçada, que era apenas um pobre homem desgarrado, sozinho, carregando uma mala de mão. Como se enganara, ao traçar o seu plano! A vida dele não era tão dele assim. Ele estava ali fora, mas um bom pedaço dela ficara lá dentro — na sala, no banheiro, nos móveis. Já não lhe parecia tão fácil alguém se despregar de um ambiente que sempre fora seu. Cada canto da casa, evocado, de relance, na visão daquele abandono noturno, lhe sugeria agora a idéia de um aconchego, de uma segurança, cuja perda ele não avaliara antes. Como ia ser difícil adaptar-se a outro lugar! E, na lembrança de tantos dos seus bons hábitos caseiros (a espreguiçadeira, o cafezinho na varanda, as manhãs de domingo no pequeno quintal, onde ficava, de calção, a cuidar dos passarinhos e dos tinhorões), tomou-se, por um momento, de um pânico acabrunhador, imaginando-se confinado na estreiteza de um quarto de pensão, com a mala embaixo da cama. E o pior é que não havia meio de passar um táxi, como se tudo conspirasse para o reter ali, pregado à calçada da casa. Mas um homem era um homem. Nada de sentimentalismos! Afinal de contas, tomara uma decisão, escrevera uma carta, despedindo-se, e não podia recuar. Recobrando o seu ânimo desertor, que o assaltara duas semanas antes, desceu em passo firme a rua, levando a mala, em busca da condução salvadora. Não teve de andar muito. Dois quarteirões adiante, viu passar um táxi, fez sinal, num gesto desesperado, e, instalado, por fim, no automóvel, disse ao motorista, batendo a porta:

— Me leve à Central do Brasil.

Enquanto o táxi rodava, o nosso Amaral, distanciando-se da casa, supunha mais facilmente esquecê-la. Mas aquele distanciar automobilístico, se lhe suprimia ilusoriamente o apego da casa, exacerbava o seu sentimento de solidão, que aos poucos o foi envolvendo numa onda de saudade e ternura. Pensando bem, Edwiges era uma grande companheira. Vinte anos de casamento, de vida em comum, não eram vinte dias. Toda uma existência se continha neles, feita de renúncias, de lutas, de sacrifícios, e também de amor e dedicação. Quantas vezes, nos primeiros anos de casados, não haviam falado das bodas de prata, na ânsia prematura e romântica de festejá-las, cercados de filhos, na mesma igreja onde se tinham unido para sempre! Agora, por causa de umas rusgas tolas, estava ele ali, dentro de um táxi, fugindo, quando faltavam apenas cinco anos para o tão sonhado evento. Que não iriam dizer os filhos? Que não iria dizer Edwiges? Ao chegar a grande data, talvez já lhe houvessem nascido os primeiros netos. Haveriam de perguntar pelo avô. Ou não perguntariam? Afinal, não chegariam sequer a conhecê-lo, se ele insistisse em levar adiante, naquela noite, a sua fuga. E sentia uma tristeza antecipada daquelas bodas de prata estragadas com a sua ausência. As irritações de Edwiges — quem sabe? — deviam resultar da idade: ela estava começando a envelhecer, depois de lhe ter dado, em fidelidade e carinho, os melhores anos da sua vida. Talvez toda a culpa fosse dele. Devia ter mais paciência com ela. Melhor esposa não podia haver. E Edwiges, na impressão daquela justiça tardia, convertia-se subitamente em mártir, a acabar-se na obscuridade de um fundo de cozinha, para ajudar o marido a criar os filhos. E o Afonso, como era carinhoso com ela! Pensando bem, o Afonso era um excelente rapaz. Tinha os seus amuos — mas quem é que não os tinha? Com o tempo, o juízo lhe chegaria. Afinal de contas, aos 18 anos, um rapaz o que quer é brincar. Mocidade a gente só tem uma vez. Que Afonso aproveitasse a dele, enquanto era tempo. Depois, chegaria também a vez de ele dar duro. Antes, não; seria uma idiotice. Tudo tinha a sua época própria. E a do trabalho, somente agora iria começar para Afonso. Sim: se insistisse na fuga, como poderia ajudar o filho a encaminhar-se na vida? Coitado! Sozinho, sem o apoio do pai, como iria sofrer! E Marivalda e Léia? Não era possível abandoná-las. Lembrava-se do convite para o cinema: "Venha se distrair um pouco, papai." Nem todo pai tinha a felicidade de receber um convite assim tão carinhoso de uma filha. Que uma filha, em certos momentos, pudesse perder a paciência com o pai, não era nada de mal. Por que, então, queixar-se de Marivalda e Léia? Era preciso compreendê-las melhor, ser, enfim, para elas, um pai e não um carrasco. E a pobre de D. Eponina, tão cheia de cuidados com ele, a preparar-lhe aquelas balas de mel, cobertas com canela, quando ele tinha gripe? Coitada! Naquela idade, viúva, vivendo de um montepio, que outra distração poderia ter, senão os programas de televisão? E era lógico que teria de sentar-se no melhor lugar. Por que não? Perdido nesses pensamentos, Amaral recompunha no espírito o seu ambiente familiar, que lhe surgia, na emoção da distância, inesperadamente tocado de uma verdade isenta e reveladora. E, já então, na dor funda de o haver abandonado sem motivo, não conteve os soluços.

— O senhor está sentindo alguma coisa? — perguntou-lhe o chofer, olhando inutilmente pelo espelho retrovisor.

— Vamos voltar! — bradou Amaral, soluçando.

E enxugando os olhos:

— Esqueci um troço lá em casa. Vamos voltar. Depressa!

E veio, realmente, depressa. Em pouco tempo estava ele de novo em frente da sua casinha na Aldeia Campista. Desceu do táxi com a mala, pagou atabalhoadamente a corrida.

— O senhor não quer que eu espere? Não vai somente apanhar o objeto que esqueceu? — quis saber o motorista.

— Não. Não. Pode ir — disse Amaral.

Entrou em casa, quase correndo, e, acesa a luz do quarto, esvaziou precipitadamente a mala sobre a cama. Fechando-a em seguida, pegou a carta na cristaleira e, sempre apressado, dirigiu-se aos fundos da casa. Ali, picou em mil pedaços a carta, lançando-a dentro da lixeira. E se Edwiges os descobrisse? O receio foi momentâneo. Lembrou-se do relatório. Diria que o relatório não saíra a seu gosto, e resolvera rasgá-lo. No dia seguinte faria outro, lá mesmo no escritório. Perfeito. Ninguém iria duvidar de tão boa, convincente explicação. Repôs a mala no depósito, voltou ao quarto. Quando pôs o primeiro terno no cabide, ouviu passos e vozes na sala. A mulher e os filhos retornavam do cinema. Assustou-se com a chegada deles. Pegou, rápido, o outro terno, para enfiá-lo no cabide, mas já a mulher surgia à porta do quarto.

— Que é que está fazendo, Amaral? — perguntou ela.

— Estou arrumando o armário.

— A esta hora?

— Sim. Estou arrumando... Sabe?

E a mulher, levando a mão ao coração:

— Puxa! Que susto você me meteu!
— Susto?
— Sim.
— Por quê?
— Sei lá! Nem sei em que eu pensei.
Voltou-se para Léia:
— Traz um copo de água para mim, minha filha. Seu pai me meteu um susto horroroso, com essa arrumação de roupa fora de hora.
— Traz um pra mim também, Léia — pediu Amaral, empilhando as camisas. — Depois você me conta o filme.
E, pensando no susto da mulher, conveio, sinceramente consolado, que muito maior susto ela tomaria se houvesse lido a carta.

O MORRINHO

De (Uma telha de menos)

Coisas de terras; uma cerca que não devia passar por onde passava. O rumo era outro, pela escritura; mas a cerca de Militão acabou entrando nos terrenos de Apolônio, e pegou de viés um morrinho que não era lá grande coisa.
Apolônio chamou dois crioulos e mudou a cerca de lugar, recuando-a para o rumo indicado na escritura: o morrinho inteiro tinha de ficar dentro do seu terreno. Era assim que estava na escritura.
Mas Militão não se conformava com os limites indicados na escritura de Apolônio. Afinal, em que se louvara o tabelião para escrever o que escrevera? Naturalmente, em informações do próprio Apolônio, pois nenhum tabelião sai do cartório para ir ver na mata onde passa a linha divisória de um terreno. Sobretudo quando o tabelião é o Maçu Fonseca, que tem horror a cobras.
E agora, como ia ser? Com quem ficava o morrinho? Militão, quando soube da bravata de Apolônio com os dois crioulos a tiracolo, mordeu o cigarro de palha. Se fosse outro, pegava quatro crioulos, ia lá no morrinho, e botava de novo a cerca no lugar onde estava antes. Mas Militão era homem de grande prudência. Mandou chamar o agrimensor, e, na forma da lei, requereu medição judicial do terreno.
Saiu mais documento do cartório do que formiga do formigueiro. Mexeram em inventários. Defunto falou. E foram desencavar um formal de partilha, do tempo em que se escrevia fósforo com ph. O agrimensor desenrolou os seus

papiros; passou a sua trena em cima de rastro de onça; pegou maleita; tomou quinino; e quando, um dia, saiu de dentro da mata, com a barba pedindo navalha, Apolônio havia perdido, não a metade do seu morrinho, mas o morrinho inteiro.

Então, em vez de voltar para o lugar onde estava antes, a cerca saiu do seu enviesado e disparou ladeira abaixo, numa reta, deixando de fora o morrinho e, naturalmente, Apolônio.

Dois soldados de polícia estiveram presentes — armados. E lá também compareceu o oficial de justiça. Ora, como com autoridade não se brinca, Apolônio perdeu calado o seu morrinho; mas ficou remoendo vingança.

Um dia Militão recebeu o aviso:

— Cuidado com Seu Apolônio.

E dias depois:

— Seu Apolônio está tocaiando o senhor.

E eis o que se deu: Militão, que nunca pensara em matar ninguém, e muito menos em matar Apolônio, pois era homem de grande prudência, embora de pontaria de respeito, botou a "45" na cintura e saiu como quem não quer nada.

A emboscada, segundo o prestimoso informante, era na encruzilhada do Bate-Enxuga, por onde Militão costumava passar. Apolônio devia estar ali, certamente escondido numa moita, como mandam os bons autores; e com ele, naturalmente, estava o seu temível "38" carga-dupla, que só de vista botava gente pra correr.

Engraçado: Apolônio estava de olho na encruzilhada (viu, até, quando um sabiá veio bicar no chão uma pitomba madura), e de repente, quando o Diabo está presente, como dizia a falecida D. Brígida, ouviu aquela voz atrás dele:

— Largue a arma, Apolônio.

Quis se mexer.

— Não se mexa. Largue essa arma, se ainda quer ver a luz do dia.

Apolônio procurou ganhar tempo. E perguntou, de costas como estava, sem se mexer:

— Quem é o valentão?

— Valentão, não; Militão.

— É. A voz não me engana. Pensando bem, nem era preciso perguntar: só podia ser a sua pessoa.
— Vamos! — insistiu o outro homem. — Largue essa arma no chão.
— Já sei: você quer que eu largue a arma pra poder me matar. Por que não me mata logo?
— O meu amigo se engana. Não quero matar ninguém. O que eu quero é que você não me mate. Vamos, largue essa arma no chão.

Apolônio pensou duas vezes. Era bobagem resistir. Podia haver mais gente com Militão, ali atrás. Nada como dar tempo ao tempo. Ninguém perde por esperar.

E largou a arma no chão.

Foi só largar, e o outro apanhar — com mão de gato, enquanto o Diabo lambe o prato, como dizia a falecida D. Brígida.

— Vá andando — disse Militão. — E não olhe para trás. Vamos diretamente para minha casa, onde você não pôs mais os pés, para sentimento meu. Afinal de contas, eu moro perto. Você não vai se cansar. Vamos, vá andando!

E lá se foi Apolônio, que outro jeito não tinha senão ir, fazendo o que a voz mandava.

Só queria ver em que ia dar tudo aquilo.

Quando chegou em frente à casa de Militão, ouviu de novo a voz, no comando:

— Entre. A casa é sua.

Entrou.

— Sente.

Sentou-se.

Sentando-se, teve afinal de ficar de frente para Militão. E uma coisa ele viu, logo: a sua arma enfiada na cartucheira do desafeto, que naquele justo momento recolocou no coldre a pistola que vinha apontando contra ele desde que o surpreendera de costas, na tocaia.

— Mariana! — chamou Militão. — Traga uma xícara de café, aqui para seu Apolônio. Eu também aceito uma.

E entrou direto no assunto:

— Sabe, Apolônio? Nunca pensei que você tivesse a intenção de me tirar a vida por causa de um morrinho à-toa.

— O morrinho é meu — respondeu Apolônio.
— Bem... — continuou Militão, tomando assento num tamborete. — Pra lhe dizer a verdade, não faço questão do morrinho. Podia, até, lhe dar ele de presente. Mas não do jeito como você quis: mudando a minha cerca de lugar, sem eu saber.
— O morrinho é meu — tornou a dizer Apolônio. — Ninguém precisa me dar ele de presente, porque ele é meu.
— Está bem. Você diz que o morrinho é seu. Mas eu lhe pergunto: e a lei, Apolônio, e a lei?
— O morrinho é meu.
— Vamos conversar em boa paz, Apolônio. Você viu, desde o princípio, que eu não quis briga. Agi dentro da lei. Requeri medição judicial do terreno. O engenheiro é homem de estudo, sabe o que faz. Se você não tivesse mexido na minha cerca, metade do morrinho ficava dentro do seu terreno, como aliás estava. Mas você foi mexer na minha cerca, e o resultado é que acabou perdendo o que já estava sendo da sua pessoa. Isto é: a metade do morrinho.
— O morrinho é meu — insistiu Apolônio.
Aí, entrou Mariana com a bandejinha de café:
— Já está adoçado.
Apolônio voltou-se para Militão:
— Não posso aceitar o seu café.
— Espero que você não me faça essa desfeita — respondeu o dono da casa. — O café é oferecido de bom gosto.
E virando-se para a moça, porque Mariana, é bom que se diga, era uma moça:
— Deixe a bandeja aí em cima e pode ir.
— O morrinho é meu — repetiu Apolônio.
E Militão:
— Vamos deixar o morrinho de lado e tomar o café, enquanto está quente.
Então aconteceu o seguinte: vendo na bandeja as xícaras que a moça arrumara em cima de um paninho bordado, Apolônio lembrou-se, de repente, que se alguém faz uma desfeita, o Diabo está à espreita, como dizia a falecida D. Brígida.

E pegou uma xícara.
Mas preveniu:
— Espero que o senhor não tenha envenenado o café que me oferece.
Militão pegou a outra xícara:
— Tome o seu café descansado, homem de Deus. Mas uma coisa eu lhe digo: só não recebo como ofensa o que acaba de me dizer porque quero ser seu amigo.
Apolônio tomou em silêncio o café:
— Espero que o senhor não diga nada à moça. Não é do meu feitio ofender mulher.
Militão sorriu:
— Só uma pessoa podia se ofender com a sua desconfiança: eu, que sou o dono da casa. Mas não estou ofendido. Se gostou do café, quando quiser tomar outro é só bater na porta. A casa é sua.
— Não agradeço o seu oferecimento — disse Apolônio.
— O senhor tomou o meu morrinho. Fique com a sua casa, que do senhor eu só quero uma coisa: o meu morrinho.
— Está bem, Apolônio — respondeu Militão. — Vejo que você ainda guarda mágoa de mim. Mas sei que isto vai passar. Uma coisa me diz, cá dentro, que algum dia, quando você pensar melhor, ainda há de ser meu amigo. Mas fica o dito por dito: a casa é sua. Pode aparecer quando quiser. E agora, se é da sua vontade, pode ir.
Apolônio não esperava por outra coisa. Levantou-se, e, num rompante, foi saindo.
— Espere um pouco — atalhou Militão. — Tome a sua arma.
Apolônio pegou a arma e enfiou no coldre.
— Só quero que o senhor me dê de retorno o meu morrinho — disse.
E, sem despedir-se, saiu pisando firme.
Mas ia com uma idéia mais firme debaixo do chapéu.
Mal tinha andado uns dez metros, voltou-se, rápido, e sacou a arma. Mas antes de apertar o gatilho caiu fulminado. Militão fora mais rápido do que ele.

VERÃO

De (Uma telha de menos)

O fusca vermelho entrou roncando na praça. Um barulho infernal, com aquele cano de descarga aberto. Mas quem estava dentro do carro devia estar achando tudo aquilo muito engraçado: eram quatro rapazes que iam rindo muito.
Rogaciano espiou da janela. Não era possível! Estavam chegando mais cabeludos. Desde o último verão ninguém tinha mais sossego nas férias. Um desgraçado qualquer descobrira que não havia lugar melhor para veranear que a cidadezinha de Rogaciano.
Oh, a santa paz da Praça da Matriz, onde o passado dormia, imperturbado, o seu digno e pesado sono de ferrugem, nos canhões portugueses do monumento histórico, sob os *flamboyants* em flor!
Era assim desde que Rogaciano se entendia por gente. Mas agora era aquilo que se via: a invasão dos veranistas. Bastou um descobrir, para os outros virem, em bandos. Havia o sol, a praia, a pesca. E os jornais do Rio fazendo propaganda, com os cronistas sociais na badalação. Tinham, até, inventado uma batida especial, de pitanga. E falavam que, de volta da praia, todos iam "pintagar", de bermudas, na casa dos Melo Gonzaga: grã-finos veraneando.
E tome automóvel!
Antigamente só havia um carro na cidade: o do prefeito, homem prudente, 40 km por hora. Antes de entrar num cruzamento, parava o carro, descia e ia espiar da esquina, para ver se vinha alguém — uma criança, uma senhora, ou

mesmo a carroça do lixo. Afinal, não queria atropelar ninguém — no que fazia muito bem. Rogaciano morria de saudades: tempo bom como aquele, nunca mais. Agora, era chegar o verão, os veranistas enchiam a cidade com os seus carros. Ninguém podia mais andar com segurança nas ruas.
Rogaciano teve uma idéia: construir um muro em volta da cidade, com um portão de entrada. Em cima do portão, um aviso: "É proibida a entrada de veranistas".
O prefeito sorriu:
— Você está maluco, Rogaciano. Precisamos de progresso. Os veranistas trazem o progresso à cidade. Que venham mais veranistas! Estaremos prontos para recebê-los. Nunca se falou tanto sobre a nossa cidade como agora. É a promoção, meu caro, a promoção. Os nossos terrenos estão valendo ouro. Tudo por causa da promoção.
Rogaciano ficou calado um minuto.
— Não é mesmo? — insistiu o prefeito.
— Bem... — disse, por fim, Rogaciano. — Não é pelo progresso. Nem por essa história de promoção. Mas admito que o muro ia ficar muito caro. Talvez fosse mais prático mandar abrir umas valas na estrada... Umas valas bem grandes, fundas, para impedir a passagem dos automóveis dos veranistas.
— Você está maluco, Rogaciano — tornou a dizer o prefeito. — Precisamos é de asfalto. O que temos de fazer não é abrir valas, mas asfaltar a estrada. E isto só vai ser possível com a promoção da cidade. Precisamos de promoção. De muita promoção. E a promoção da cidade depende dos veranistas.
Rogaciano recolheu melancolicamente a idéia das valas, depois de haver recolhido a do muro. E saiu andando pela calçada. Os Melo Gonzaga passaram de Mustang — chispando. Iam para a casa deles, na Praia do Sudoeste, "*opened* até às 5 da matina*", como dizia o colunista do Rio. Sunga e biquíni: tudo praticamente nu.
— É o fim do mundo! — gemeu Rogaciano.
E ficou pensando na caleça da Marquesa de Santos. Um dia, sabia-se lá quando, de passagem pela cidade, a grande dama pernoitara com a sua comitiva na casa de azu-

lejos da praça. A vida era então outra coisa: muito mais digna. Rogaciano daria tudo para ter vivido naquele tempo. Lembrou-se da conversa com o prefeito. Prefeito bom era o outro: o que só cruzava de automóvel uma esquina depois de ir, a pé, ver se vinha alguém. Então, com os olhos nos velhos canhões do monumento, Rogaciano bem que teve vontade de fazê-los vomitar fogo contra o progresso, os veranistas, a civilização.

De noite, com o luar, ele vinha para a janela, que dava para o oitão da igreja construída pelos jesuítas. Silêncio branco, escorrendo pela praça deserta, numa paz doce e antiga. Mas agora era diferente: a praça cheia de *Fuscas*, moças com calças Lee apertando a bundinha delas, a casa de azulejos (onde a Marquesa de Santos pernoitara com a sua comitiva) transformada em clube. E não havia mais silêncio, com o iê-iê-iê das guitarras elétricas. Estava perdido: os cabeludos haviam tomado conta da cidade.

Foi quando lhe ocorreu outra idéia, muito mais prática que a do muro. Afinal, um muro daquele tamanho levava tempo para se construir.

Foi até a pedreira e andou perguntando coisas sobre o detonador. Precisava de um emprestado, para dinamitar o morro de um terreno que comprara no interior, em lugar desabitado: não havia risco na explosão. Era a primeira vez que estava mentindo. Mas até que foi fácil. Difícil foi conseguir o que queria: o detonador. Ia colocar as bananas de dinamite no porão do clube. Quando a festa estivesse bem animada, com as guitarras elétricas tocando, bastava comprimir o detonador: aí é que os cabeludos iam ver o que era festa de arromba.

Mas o Licurgo da pedreira estava prevenido: já lhe haviam dito que Rogaciano não andava bom da bola. Tinham pegado o homem, uma madrugada, espalhando pregos na estrada, para furar pneu de automóvel. Só podia ser coisa de maluco. O prefeito teve de mandar varrer às carreiras a estrada: era prego às pampas. Foram aproveitados no tapume de uma obra da prefeitura, por medida de economia. E com isto não saiu da pedreira o detonador.

Que idéia, Rogaciano! E ele próprio se espantava. Como é que lhe dera na telha aquela idéia de dinamitar o clube? Só se fosse outro clube. Mas aquele, não. A casa de azulejos — relíquia histórica — precisava ficar de pé. A Marquesa de Santos pernoitara ali com a sua comitiva, de passagem pela cidade, no ano remoto de mil oitocentos e não sei quantos. Só mesmo Rogaciano sabia o ano certo.

Mas havia a casa dos Melo Gonzaga, "*opened* até às 5 da matina". Só dava cabeludo e grã-fino. Tudo veranista. E isto bastava para Rogaciano. O seu plano, afinal, podia ser posto em execução: fazer ir pelos ares (sem prejuízo do pernoite histórico da Marquesa de Santos) todos aqueles forasteiros do Rio.

E a coisa seria muito mais simples. Em vez do detonador — pois não ia mesmo poder entrar na casa para fazer a instalação explosiva — bastava jogar pela janela uma banana de dinamite, quanto todo mundo estivesse reunido.

A banana de dinamite não era problema: qualquer um comprava. Comprou uma no Armazém Sudoeste, com a mesma desculpa de dinamitar o tal morro do terreno desabitado.

Ficou escondido no mato, esperando. E como entrou gente na casa dos Melo Gonzaga! O conjunto de iê-iê-iê estava mandando uma brasa. De repente, começaram a cantar:

Pitanga, pitanguinha,
Vamos todos pitangar.

Rogaciano veio andando pela praia. Ninguém iria vê-lo naquela escuridão: só havia luz na casa dos Melo Gonzaga. E, mesmo que o vissem, haveriam de pensar que ele era um pescador. Um pescador de camarões. O povo da terra vivia de pescar camarões. Segurou o camarão, aliás, a banana de dinamite, acendeu o estopim, mirou bem a janela. Viu, na sala, no meio daquela confusão de bermudas e minissaias, um cara de camisa vermelha, com costeletas enormes. "Aquele vai ser o primeiro", pensou. Deu um pulo para trás, para pegar embalagem, e quando ia mandar pela janela a banana de dinamite, só teve tempo de ouvir um estrondo. O último, aliás, que ouviu em toda a sua vida.

Foi um corre-corre dos diabos. Saiu cabeludo até pela janela da cozinha. No dia seguinte, encontraram um braço enganchado numa cerca de arame farpado, a uns 30 metros do local da explosão. Foi fácil identificar: pegaram o braço e viram a aliança no dedo da mão pendurada. Leram a inscrição: *Edeltrudes*. Era a mulher de Rogaciano. D. Edeltrudes botou a boca no mundo. E passou o resto do verão chorando.

A ONÇA

De (Uma telha de menos)

Três motivos podem explicar o desaparecimento de um cavalo, se ele estava preso num pasto: roubo, fuga, ou artes de onça. Se vocês sabem de mais algum, acrescentem, embora o acréscimo em nada altere a história, conquanto encompride a enumeração. Porque, nem bem Praxedes começara a procurar o cavalo desaparecido, sumiu outro, o de Melquíades, preso igualmente num pasto. E o rastro na areia, além da cerca, até perder-se na boca da mata, não deixava dúvidas: era de onça. Encontraram depois a carcaça, à beira de um riacho, numa prova de que a onça não só o arrastara até ali e o comera, mas completara o repasto com uns sorvos de água fresca. A carcaça do outro não foi encontrada. Nem por isto, porém, se pense em falta de empenho de Praxedes, pois ele por dois bem puxados dias a procurou. Conhecia bem a mata; a onça, entretanto, conhecia-a melhor que ele. E disto Praxedes se convenceu, não achando em parte alguma o que pudesse ter sobrado do cavalo. Naturalmente, impressionou-se com a astúcia da onça e com os músculos dela. Devia ser uma onça enorme.

— Pelo rastro se conhece o porte — explicou João Felão, que entendia de bichos grandes. — Vejam só a marca da pata: esburacou o chão na pisada. É um gato alentado, de unha de gancho e munheca larga. Infeliz do bicho ou da pessoa que levar uma unhada dela.

E, perguntado, disse mais, pois tinha a língua solta e não fazia cerimônia. Segundo os melhores autores, em que era ouvido e corrido, onça grande era capaz de arrastar por duas léguas uma novilha, depois de matá-la. Tudo por treita: treita de onça. No esconderijo, que nunca se sabe onde é, comia descansada a sua presa, sem os intrometimentos de estranhos.

— Então, foi o que aconteceu com o meu cavalo — disse Praxedes. — Mas por que a carcaça do outro não foi encontrada?

— Talvez sejam duas onças — ponderou Melquíades, dono do outro cavalo, ou da carcaça que dele restou na beira do riacho.

Só mesmo João Felão poderia esclarecer. Era novato na vila, mas trouxe fama de caçador de onça, que ele alardeava sem contestação: estava apenas aguardando uma oportunidade para demonstrar a sua perícia.

— Pelo rastro, o gato é o mesmo — disse João Felão. — Onça não anda vadiando como vocês pensam. Essa faz trabalho de caça, e veio de longe. É onça macho, desgarrada da fêmea. O primeiro cavalo ela deve ter levado para comer com a companheira. Desconfio que a morada dela é no Alto do Socavão, a umas três léguas daqui. Com o porte que tem, não foi difícil arrastar o cavalo até lá. É onça viageira. Tem tino de estrada. O outro cavalo, que vocês dizem que era menor que o primeiro, ela comeu sozinha, na beira do riacho. Mas garanto que se ela pegar outro bicho vai levar para longe. Conheço todas as treitas de onça.

— Você acha que ela volta? — perguntou Chico de Francisco, o que brigava todo dia com a mulher.

— Essa onça é animosa — respondeu João Felão. — Não me admira que ela volte. Onça parda, não digo: é bicho temente. Mas pelo almíscar que senti na boca da mata, a onça que esteve aqui é pintada. E onça pintada tem façanha. É capaz que volte.

E realmente voltou.

A mulher de Chico de Francisco, uma noite, quando foi lavar o urinol no quintal, ouviu um ronco do outro lado da cerca — e largou o urinol, candeeiro e tudo, e entrou correndo na casa, aos gritos. Jurou que a onça estava no quintal, e que era mesmo enorme.

Foram chamar às pressas João Felão.
— Essa mulher se enganou — disse ele.
— Não se enganou não senhor. A onça estava tão perto que quase que morde ela.
— Essa mulher viu visagem — insistiu João Felão.
Mas as pessoas que o foram chamar também insistiram:
— Só o senhor pode dar fim a essa onça. Venha depressa, antes que ela faça uma desgraça.
— Chico de Francisco escorou a porta? — perguntou João Felão.
Um rapazinho respondeu:
— Deve ter escorado. Quando a mulher entrou em casa correndo, ele não ia ter mesmo outra coisa que fazer senão fechar a porta e escorar. Com a porta aberta a onça acabava entrando, e a desgraça estava feita. É claro que ela escorou a porta.
— Fez o que devia — disse João Felão. — Com onça não se brinca.
— E o senhor não vem?
— Vontade não me falta. Mas estou despreparado.
— Despreparado, como?
— Essa é boa! Despreparado, minha gente, despreparado. Sem munição. Tenho de comprar munição, arranjar uns cachorros, armar uma arataca, e isto não se faz de uma hora para outra. Matar onça tem ciência.
— E o que é que a gente vai fazer?
— Hoje, nada — decidiu João Felão. — O importante é que Chico de Francisco tenha escorado bem a porta. Não há mais perigo. A onça, aliás, já deve ter ido embora. É bicho sabido, de malícia.
No dia seguinte, e isto não era novidade, Chico de Francisco e a mulher altercaram. Foi um bate-boca feio e forte, com a onça servindo de motivo:
— Você não viu onça nenhuma!
— Vi, sim.
— Viu nada! Você é uma mentirosa. Inferniza minha vida e ainda me faz passar vergonha.
Mais tarde, quando se encontrou com João Felão, não estava tão certo da mentira da mulher:

87

— Você acha que ela viu mesmo a onça?

João Felão sorriu:

— O amigo não sabe o que é ver uma onça pela frente, quando não se está acostumado como eu. Não adianta querer correr. A pessoa procura as pernas e não encontra. Tibortino, um camarada que conheci no Alto do Socavão, caiu estatelado só de ver uma suçuarana. Levou mais de meia hora para voltar a si. A onça só não comeu ele porque eu estava perto e acabei com ela. Mas não foi fácil. Quando atirei, ela veio em cima de mim, na fumaça da pólvora, urrando com a dor do tiro. Aí, eu meti mão dentro, puxei o facão e enterrei até o cabo no sangradouro dela.

— Quer dizer que você acha que minha mulher não viu a onça?

— Impressão, impressão.

— E o urro que ela ouviu?

— Impressão, impressão.

Chico de Francisco balançou a cabeça:

— É... Deve ter sido mesmo impressão. Estou convencido disto. Foi impressão.

Quando soube, porém, que naquela mesma noite outro cavalo de Melquíades desaparecera, tanto João Felão quanto Chico de Francisco mudaram de idéia: impressão ou não, o mais certo era que a onça voltara.

— Vou confrontar o rastro — anunciou João Felão.

Confrontou, com grande acompanhamento de curiosos, e deu por fé: a onça estivera de corpo presente no fundo do quintal de Chico de Francisco. Sobre isto não havia a menor dúvida.

— Esse negócio vai mal — disse João Felão. — Já temos onça dentro da vila. É melhor comunicar ao delegado, pois o caso não é mais de caça, mas de polícia. Para isto existe a lei.

O delegado Izolino Bedê não fez por menos:

— Vou esticar o couro dela na parede da delegacia.

Convocou os três soldados do destacamento e distribuiu armas aos voluntários. Organizou a patrulha, que passaria a noite inteira de serviço, para garantia e segurança dos moradores da vila. A onça ia ver o que era autoridade. E repetiu:

— Vou esticar o couro dela na parede da delegacia.

Mandou chamar João Felão:

— Você, que entende de onça, tem de vir com a gente. Vamos traçar os planos. Você tem prática. Diga: que devemos fazer?

João Felão coçou a cabeça:

— Deixei minhas armas no Alto do Socavão. O senhor, que é autoridade, há de compreender que não ia ficar bem eu chegar aqui armado. Só se eu tivesse sabido com tempo que ia dar onça aqui.

— Arma não é problema — disse o delegado Izolino Bedê.

E passou-lhe uma carabina calibre 4.

— Não conheço bem o manejo desta arma — ponderou João Felão. — Só sei trabalhar com as minhas. São três rifles de família, herdados de meu pai, que era também caçador de onça. Estou acostumado com eles. Conheço o jeito deles, e eles conhecem o meu. A gente se entende que é uma beleza! Quando pego um dos meus rifles, ele só falta conversar comigo.

— De qualquer forma, você terá de vir com a gente — insistiu o delegado. — E é lógico que tem de estar armado. Afinal, vamos matar uma onça.

— Deixe isto comigo — disse João Felão, fazendo um jogo de corpo, vai não vai. — Onça é comigo. Pode deixar que eu vou organizar tudo de conforme.

E organizou, como bom onceiro, os trabalhos da patrulha. Todos estavam atentos:

— O senhor, seu delegado, vai na frente com os soldados. De um lado e de outro, em filas de três, vão outros homens armados. Atrás, para garantir a retaguarda, podem ir uns quatro ou cinco, também armados. Eu vou no meio. Quando derem a descarga na onça, eu grito: "Deixem comigo!" Aí todo mundo se afasta, e eu cuido do resto.

— Que resto? — perguntou o delegado Izolino Bedê.

João Felão sorriu:

— O senhor não conhece onça. Onça vem sempre na fumaça do tiro. É preciso o camarada ter sangue-frio, pra cortar ela no facão. Eu me encarrego desse trabalho. Estou acostumado.

Combinou-se tudo, e à noite, logo depois do jantar, a patrulha reuniu-se em frente da delegacia. João Felão chegou de calças arregaçadas, chapéu em cima dos olhos, e o facão na cintura.

— Está que nem uma navalha — disse.

E sorriu com segurança.

Chico de Francisco, que era funileiro, guardou os seus petrechos numa malinha de mão: ferro de soldar, martelo, tesoura. Entrou em casa pelos fundos, e escondeu a malinha atrás do galinheiro.

— Você não vai tomar parte na patrulha? — perguntou-lhe a mulher, quando o viu dentro do quarto.

— Claro que vou — respondeu Chico de Francisco. — E tomara que a onça me coma. Pelo menos assim fico livre de você.

— Esta sorte eu não tenho — zombou a mulher.

Esperava uma resposta do marido, doida por um pé de briga, mas ele, surpreendentemente, não disse mais nada.

Quando a mulher pegou no sono, o que não tardou, pois tinha sono fácil, Chico de Francisco saiu na ponta dos pés, levando duas camisas de meia e uma calça. No quintal, pôs tudo dentro da malinha. Abriu devagar o portão, olhou para um lado e para outro, saiu, passou pelos fundos da igreja, e desapareceu, com malinha e tudo, na estrada da Várzea Grande.

— Atenção, sentido! — comandou o delegado Izolino Bedê. — Se os olhos não me enganam, parece que eu vi um vulto passando nos fundos da igreja. Deve ser a onça.

A patrulha parou.

— Calma, calma — disse João Felão. — Qualquer afobação pode botar tudo a perder. Vocês não sabem o que é onça. Calma, calma. Deixem primeiro eu tomar o faro.

Encheu o peito de ar, uma, duas vezes, aspirando pelo nariz.

— Foi impressão. Foi impressão — disse. — Não sinto almíscar de onça aqui por perto, numa média de meio quilômetro. Logo, se não há almíscar, não pode haver onça. O cheiro desses gatos a gente sente de longe.

Mas o delegado Izolino Bedê insistiu:

— Vamos cercar a igreja!

— Olhe a formação, olhe a formação! — advertiu João Felão, no centro da patrulha. — Se saírem de forma para cercar a igreja, não me responsabilizo pela vida de ninguém.

O delegado hesitou: a colocação estratégica de João Felão era importante, por causa do trabalho de facão. João Felão, que era o único que entendia de onça, sabia o que estava dizendo e fazendo.

— De acordo — disse por fim o delegado. — Mantenha-se a formação. Mas vamos até a igreja. O desengano da vista é ver. E parece que eu vi um vulto lá. Vamos ver se eu vi mesmo.

Rigorosamente formada, com João Felão no centro, a patrulha rumou para o local: ninguém. Nem bicho nem gente.

— João Felão não se engana — disse o próprio João Felão. — Estão vendo? Vocês iam gastar tiro à toa. Com o devido respeito, foi só impressão do delegado. Mas essas coisas acontecem.

Pela manhã a mulher deu o alarma: Chico de Francisco sumira. Esperaram por ele três dias. E chegaram à única conclusão: a onça o pegara no quintal. Havia marcas do rastro dela, e o portão estava aberto.

— É rastro novo — garantiu João Felão. — Engraçado: a bicha voltou ao mesmo lugar onde esteve a vez passada, quando foi vista pela mulher do finado. Nunca tive conhecimento de gato mais animoso.

Reforçaram a patrulha. Mas ninguém viu mais sinal de onça. Os rebanhos ficaram em paz. E em paz viveu, desde aquela noite, e talvez ainda viva, o funileiro Chico de Francisco, com o seu ferro de soldar e as suas latas, em algum fim-de-mundo de Deus, bem longe da vila e da mulher. Mas ela cobriu-se de luto, como convinha a uma viúva. Porque, a começar por João Felão, ninguém na vila duvidou de que a onça comera o funileiro. O não terem achado os ossos não queria dizer nada: treita de onça. E isto João Felão explicou, com competência e de bom grado, como fez quando o cavalo de Praxedes sumiu do pasto e não encontraram a carcaça. Quem não se lembrar que volte atrás e leia de novo.

FLOR-DO-MATO

De *(O lobisomem e outros contos folclóricos)*

Menino Janjão. O seu mundo: o descampado em frente da casa, chão de grama nativa, onde às vezes vinham pastar os carneiros do avô, cinco ou seis, não mais. Montava no cavalo de pau, vara flexível, de camboatá, que tirara da cerca do quintal, escondido do avô: contou depois que a encontrara no mato. O barbante amarrado na vara era a rédea. Segurava-a com mão firme, pois o cavalo era fogoso, árdego; não o que era em si mesmo, vara de cerca, mas imaginado: branco, crinas compridas, o vento dando nelas, cavalo de verdade. O galho de malva era o chicote de cabo de prata, igual ao do avô. Cavaleiro solitário do descampado, galopava por estradas inventadas, rumo à fazenda do faz-de-conta: os bois de fruta-pão, redondos de gordos, com pernas de gravetos espetados, mugiam na voz dele, e por sua mão iam e vinham, dócil rebanho vegetal, no brinquedo de todo dia. O pasto e o curral: cercas de pedacinhos de pau, de cipó. As frutas verdes eram leitosas: as vacas. Apartava-as para a ordenha, prendendo-as no curral. Bastava fazer um furo para o leite sair, e o cantil era a latinha enferrujada, que encontrara enterrada na areia.

Era sozinho: ele e o avô. Pra não dizer que não havia mais ninguém na casa, havia Sinhá Felismina, negra e velha, muito boa para ele. Mas quem mandava e desmandava era o avô.

A avó morrera: disto se lembrava. Fora levada dentro do caixão, com uma porção de gente acompanhando. Mãe e pai, não; deles não se lembrava, nem por eles perguntava: era como se nunca os tivesse tido. Olhava em volta, na solidão; de gente parente, só mesmo o avô: força e presença na fazenda e na casa.

Os vaqueiros, e os outros trabalhadores, que capinavam e plantavam, moravam do outro lado do descampado. Via de longe as casinhas deles. Vieram de lá, uma vez, três meninos, montados em cavalos de pau: três negrinhos viajantes. Com eles aprendeu a brincar. Foi quando se fez cavaleiro, e a vara da cerca se fez cavalo, num instante. Mas o avô chegou, porque chegava sempre, e no melhor da brincadeira mandou os meninos irem embora. Lá se foram os três nos seus cavalos, descampado a fora, e ele ficou só. Só ele e o avô.

Pela boca de Sinhá Felismina ficou sabendo:

— Seu avô não quer que você brinque com os filhos dos vaqueiros.

Ora, se deu que um dia caiu uma chuva forte, que alagou o descampado. Janjão não pôde sair de casa. Ficou olhando da janela a chuva cair.

No dia seguinte, pegou a vara de camboatá, que corria nas pernas dele: o seu cavalo branco. Montou e foi ver os bois de fruta-pão, na fazenda do faz-de-conta. Quando chegou lá, não encontrou nada do que deixara. A enxurrada carregara tudo: bois e cercas. No lugar da fazenda havia uma poça d'água. Tinha de fazer tudo de novo, quando a água secasse. Mas enquanto não secasse a água, que iria fazer? Ficou zanzando sem destino, montado no cavalo branco. E a vara de camboatá foi levando ele, levando, levando, descampado a fora, num galope, até que, de repente, quando ele menos esperou, estava na boca da mata.

Já ia voltar, mas ouviu uma voz diferente, que o chamava:

— Janjão, ó Janjão!

Olhou para um lado e para o outro. Aí, viu sair de trás de uma moita uma menina: menina muito simpática, dos seus 12 anos, cabelos louros escorridos.

— Quem lhe ensinou meu nome? — perguntou Janjão.

A menina sorriu:

— Quem não conhece Janjão, o menino que brinca sozinho?
— Mas eu não conheço você. Como é o seu nome?
A menina tornou a sorrir:
— Eu me chamo Flor-do-Mato. Deixe esse cavalo de pau e vamos brincar.
— Meu avô não quer que eu brinque com ninguém. Se souber que brinquei com você, ele briga. Manda você ir embora, como mandou os filhos dos vaqueiros.
Flor-do-Mato soltou uma gargalhada:
— Seu avô não manda em mim.
— Ele manda em todo mundo.
— Mas não em mim. Venha cá. Vamos brincar na mata.
— Você também não tem com quem brincar? — perguntou Janjão.
— Eu brinco com os caçadores — respondeu a menina.
— Mas já estou cansada deles. Agora quero brincar com você.
Menina flor, Flor-do-Mato, pegou Janjão pela mão e saiu por dentro do mato com ele. Foram colher mangabas e ameixas silvestres. Fartaram-se de comê-las. Pararam à beira de um riacho, beberam água na cuia das mãos, juntando-as: água mais fresca que a de moringa.
— Meus cabelos se molharam — disse Flor-do-Mato, rindo.
E, molhados, ficaram ainda mais escorridos os cabelos louros dela. Aí, ela se levantou e disse assim:
— Vamos brincar de esconde-esconde. Venha me pegar.
E saiu correndo.
Janjão correu atrás dela. Mas, por mais que corresse, não conseguia pegá-la. Flor-do-Mato sumia, aparecia adiante, saindo de trás de uma árvore, tornava a sumir. O mato cheirava. Flores silvestres — azuis, vermelhas, lilases — enfeitavam o caminho que se abria diante de Janjão, no meio das árvores, sem ele entender como. Só sabia que havia diante de si um caminho, caminho que logo se fechava, quando ele olhava para trás. E Flor-do-Mato chamando-o:
— Venha me pegar! Venha me pegar!
Ouvia as gargalhadas dela, e às vezes um assobio, que vinha de cima das árvores. De repente ela parou, bem na

frente de Janjão. Abriu os braços, rindo e rindo, os cabelos louros escorridos:

— Venha! Me pegue! Venha!

Janjão correu para ela, os braços também abertos, para pegá-la. Mas ela ficava sempre fora do alcance dele: era como se estivesse correndo de costas, não estando nunca no lugar onde estava. E assim foi indo, foi indo, foi indo até que não se sabe o que aconteceu, se ele a pegou ou não.

O que se sabe é que Janjão não voltou para casa.

O avô chamou um dos vaqueiros:

— Por via das dúvidas, vamos até a mata. Esse menino pode ter sido atraído pela Flor-do-Mato. Tenho medo de ele ter ficado encantado.

Levou de presente um pedaço de fumo mapinguinho, que pendurou num pé de pau, na clareira. E gritou bem alto, para ser ouvido e entendido, como devia:

— Flor-do-Mato, caapora fêmea, me dê de volta o meu neto! Deixo aqui o fumo do seu agrado. Volto amanhã na mesma hora. Fique com o fumo e me dê de volta o meu neto.

Voltou. Não encontrou o fumo deixado no pé de pau. Mas também não encontrou o neto. Até hoje o avô está procurando por ele.

A MÃE-D'ÁGUA

De (O lobisomem e outros contos folclóricos)

Lagoa encantada era o nome da fazenda, assim chamada por causa da lagoa que nela havia, muito grande e escura, rodeada de terra alagada: o brejo, com uma esteira de caniços por cima.
No alto do barranco ficava o sobradinho.
Não atalhando a proposta honrada do contador do caso, e que adiante vai, na forma pela qual dele ouvi, com respeito e fé, diga-se que a fazenda era de propriedade de uns parentes da pessoa que aqui vos fala, neste papel escrito; e que lido não sei se será, algum dia, por alguém. Mas do que ora escrevo não tenho dúvida, pois tudo se passou como foi passado, em fiança de palavra verdadeira, que o contador do caso era homem sério e não mentia.
Entrei no sobradinho, um dia, quando ali já ninguém morava, nem parente nem aderente meu, todos mortos e enterrados, os donos de antes.
Abri as janelas, que eram apenas duas, daquilo que era mais um mirante, embora sobradinho chamado, não sem justa causa; pois tinha a parecença de um, ainda que em ponto pequeno, como de fato era.
Foi como de coisa que eram tampas de caixões velhos se abrindo, se escancarando; e botando pra fora, vindo bem de dentro dos interiores deles, um hálito de mofo.
Medo não tive, mas havia ali qualquer coisa de uns restos de vida ferida, por minhas mãos tocados, na gemedeira das dobradiças, coisa muito agoniada, de dar pena.

E vi o que era de ver, lá fora, dormindo no sopé do barranco, mas estirada até o fundo da mata, com os caniços do brejo rodeando ela: a lagoa.

Parecia um buraco no meio da mata, só que cheio d'água e de um tamanho como nunca houve outro igual. Era como se tivesse chovido muito, mas num lugar somente, ali. A própria mata se misturava com a lagoa, no bordejamento; pois a água entrava por dentro do mato, quase afogando ele. Só deixava de fora as árvores altas, recuadas e em volta, como que corridas da lagoa, no espavorimento dos galhos levantados: braçaria rendida, em mudez e medo.

E no ajuntamento, assim fugidas da lagoa pela beira dela, as árvores fechavam todos os caminhos, menos a estradinha mais longe, que dava uma volta por trás, até chegar ao alto do barranco, no lugar onde ficava o sobradinho.

Quem tivesse pressa, e encurtar caminho quisesse, tinha mesmo de passar por dentro do brejo, com a água dando na barriga da montaria, cavalo ou burro; e fazendo o que devia: dobrando as pernas para trás, na linha da garupa, pra evitar que os pés se molhassem, nos sapatos ou nas botas que calçavam eles.

Foi assim que por ali passei, naquele dia; e não pela estradinha, pra não ser preciso dar a volta, como em antes, noutros tempos, costumavam fazer as pessoas, por questão de segurança, mesmo demorando mais tempo.

E nem por outra forma podia ser, estando a estradinha como estava: fechada de mato, de tanto ficar sem ninguém passar por ela nos últimos anos, que pelo menos mais de cinco já eram contados, desde a morte de meu tio Lucas.

Era este o nome dele, do parente que fora dono da fazenda, por herança do pai, e que da família fora o último a habitar o sobradinho, depois do que ninguém mais morou ali.

Eu vinha com um guia, o velho Joaquim, de apelido Quim, que outro não podia haver melhor que ele para me servir.

Foi ele o dito contador, que tudo me contou, como adiante se verá, e que na vida não tinha sido outra coisa senão o que fora em antes: servidor de pai e filho, da família toda, de mamando a caducando, na Lagoa Encantada, ali somente, e nunca em outro lugar.

Me mostrou da janela, lá bem longe, no meio da lagoa, a moita boiando na água escura.

— É aquela — disse, no seu modo misterioso de dizer as coisas, não importava como: ou sabendo delas por saber direto, testemunhado, ou por ouvir contar.

De uma coisa eu me lembrava, no meu tempo de menino, em casa, coisa essa que eu queria ver mas não vira até aquela data, e que dizia respeito à Lagoa Encantada, onde moraram aqueles meus parentes, donos da fazenda que esse nome tinha.

A dita coisa era o encanto dela, conforme diziam e eu tinha escutado, embora sem entender direito.

E por não ter entendido o escutado, mais encantada me parecera ela, na minha imaginação de menino, de que eu ainda guardava uns restos, apesar de menino já não ser, desde muito.

O encanto era a ilhota que mudava de lugar, nunca estando um dia onde estava antes, na lagoa.

Mas agora eu via, bem ali, mostrada pelo velho Joaquim, a ilhota; e ela não era como imaginada fora, ainda que razão tivessem os que em antes me haviam falado dela, num ponto. E que era o seguinte: de lugar ela mudava, mas só por via do vento, de conformidade com ele.

Isto era verdade; e o velho Joaquim, também chamado Quim, me explicava agora, mostrando dali da janela, lá no meio da lagoa, a moita boiando, e que outra não era senão a ilhota falada.

Só que ilhota não era, na forma como eu pensava, de terra firme; mas somente uma moita, ainda que mais pra grande do que pra pequena, e por isto considerada ilhota, pelo tamanho que tinha; e rodeada de água sendo, como se ilhota fosse.

O encanto era outro, e a mim me foi contado por Quim, o dito velho Joaquim, que tudo sabia da fazenda, e da razão do nome dela. O qual, como já se disse, era este: Lagoa Encantada.

Isto por via do falado encanto, de que fiquei sabendo, tal como de fato era, só naquele justo dia e exata hora.

Encanto esse que adiante vai contado, da forma pela qual ouvi da boca de Joaquim.

Bem em antes, quando a fazenda nem fazenda ainda era, e nem arrozais havia nela, mas só mato, uma índia donzela, fugida até ali, se deixou morrer afogada, por vontade e de tristeza, nas águas da lagoa.

Mas o corpo ficou boiando: coisa delicada, flor, ou bichinho de Deus. E assim boiando, mas parecia que ali fora deixada, com cuidado, em cima da água, como se numa cama estivesse, em sono adormecida, embora morta estando.

E nos cabelos dela foi-se enredando o que na água havia: fiapos de ervas, folhas, hastes de plantas, e os pendões desfeitos dos caniços, que o vento trazia do brejo numa esteira de florzinhas miúdas.

E tudo isto, nos cabelos dela se enredando, foi aos poucos se convertendo numa moita, que boiando ficou como antes boiava o corpo.

Então, dentro da moita ela sumiu, feita em hastes e em touceira, morta continuando viva, pois vivia em cada folha, em cada flor da moita, semente se fazendo e em si desabrochada.

E assim, transformada em moita, ia de lugar mudando, boiante e errante, no passeio do vento pela lagoa.

Ilhota não havia, conforme o propalado, ali.

O que havia, embora mudando de lugar como diziam, era a moita, que eu via agora flutuando na água escura, e sabedor ficando da verdade, que a palavra de Joaquim dava por fé.

E ele continuou, pois a história não acabava naquele ponto. O resto dela veio com o tempo, que foi passando, e passou muito, até que não havia mais índio, mas só mato e bicho.

Os meus parentes — os mais antigos — ali chegaram, e donos das terras se fizeram, com a lagoa e tudo. A qual lagoa, por ser já conhecido o encanto, que de boca em boca passara, no alembrado da história da índia, morrida de tristeza e donzela, tomou por causa dele o dito nome de Lagoa Encantada, que também passou a ser o da fazenda.

E de parente em parente, de pai para filho, e de filho para neto, em papel de testamento, veio a ser dono dela meu tio Lucas, de cujo falecido pai o velho Joaquim fora servidor; e servidor continuou a ser da família, na pessoa do descendente.

E deu-se que meu tio Lucas tinha um filho, que único era e se chamava Augusto.

Não cheguei a conhecer o infeliz, que tão triste fim teve, pois eu morava em outro município, de onde só saí depois de grande; justamente por ocasião daquele dia, o mesmo em que me encontrava ali, na Lagoa Encantada, com o velho Joaquim.

Por ele fiquei sabendo: Augusto era um rapazinho louro, de olho azul.

Na Lagoa Encantada, desde quando para ali tinham vindo meus parentes aqueles, uma notícia corria, e que comprovada fora, muitas vezes.

Em certas noites, estando todos dormindo, quem acordasse podia ouvir — mesmo de lá do sobradinho, que era o lugar mais distante — um gemido muito triste, e que ainda mais triste parecia, naquela hora, de noite.

Vinha bem do rumo da lagoa, o gemido. E de conformidade com a história da índia, que todos conheciam, o gemido só podia ser dela, da pobrezinha.

Uma explicação havia, que era a do mato da moita repuxando os cabelos dela, com a força do vento.

Mas outra explicação também havia, se em vez do gemido se escutasse um canto, que triste não era, mas bonito.

Era em noites especiais, não em uma qualquer: só nas de lua cheia, assim mesmo quando a Lua saía depois das 10 horas; antes, não.

E o que se dava, nessas ocasiões, era que a índia, encantada em mãe-d'água, saía de dentro da moita e ia tomar banho na lagoa. E com uma espinha de peixe penteava os cabelos, se mirando no espelho da água. E assim sozinha, só ela e a Lua, começava então a cantar, com vontade de não ficar tão sozinha, mas sozinha ficando, porque ninguém tinha coragem de ir até lá fazer companhia a ela, conforme ela queria.

E o motivo, pois havia um, era que o canto da mãe-d'água, embora assim bonito, era um canto traiçoeiro. O homem, aquele mais afoito, que pelo canto dela se deixasse atrair, para o fundo da lagoa era levado, de lá nunca mais voltando, nem vivo nem morto.

E disto eram todos sabedores, na fazenda e em tudo quanto era lugar onde houvesse lagoa e mãe-d'água houvesse, na forma pela qual se conhecia o encanto. Ali havia uma: na Lagoa Encantada, que por esse motivo se chamava assim.

Somente Augusto, o filho de tio Lucas, não sabia do consabido; eu, se sabia, não acreditava na maldade daquele canto tão bonito, que bonito era, como já se disse.

Acordou uma noite ouvindo ele, o canto que vinha da lagoa. Abriu a janela: havia lá fora um charco de lua, de ponta a ponta, e no molhado da lagoa ele viu a moita boiando. O canto estava em toda parte, escorrendo pela noite.

Saiu do seu quarto o rapazinho louro, de olho azul, buscando naquele canto uma companhia, pois tão sozinho ele se sentia na fazenda, em especial naquela noite, como sozinha se sentia a mãe-d'água no seu banho.

Augusto era assim desde que a mãe dele morrera: muito triste e arredio, com tio Lucas se preocupando com ele, pois outro filho não tinha, sendo aquele só.

E do seu quarto saindo, como dito já ficou, foi Augusto descendo o barranco, descendo, descendo, até chegar embaixo, onde começava o brejo, que lagoa já era.

E ali ficou parado, ouvindo o canto da mãe-d'água; a qual, mais perto dele estando, estava sozinha no banho dela, saída da moita onde morava.

Mas deu-se que, ouvindo ranger a porta, tio Lucas acordou. E também ouvindo o canto, chamou pelo filho, logo. E no quarto não o encontrando, correu para a porta, que entreaberta estava. E deu fé do sucedido, que não podia ser outro; pois morando somente os dois no sobradinho, na parte de cima, se alguém saíra, houvera de ser Augusto.

E por ela também saindo, de imediato, tio Lucas viu o vulto do filho lá embaixo, que com o luar tudo se via. Gritou:

— Augusto!

Mas o grito se perdeu na noite, pois o rapaz, parado em frente ao brejo, lá embaixo, só ouvia o canto da mãe-d'água.

Porém o grito acordou Joaquim, que comigo ali estava agora, contando tudo, pois habitava o porão, na fazenda morando, na época do acontecido.

Foram então os dois barranco abaixo, no rumo do lugar onde o rapaz estava. Só que quando lá chegaram, bem no lugar, já não encontraram o rapaz.

Em vez dele, viram uma cobra enorme, desenrolada e deslizando, a qual desapareceu logo no brejo.

No mesmo instante soprou uma aragem; e a moita foi levada para longe, conforme acontecia quando havia vento.

Então, tudo ficou em silêncio, pois nada mais se ouvia, ali ou em outro lugar qualquer, na lagoa. E aquilo que devera ser o canto, que da mãe-d'água tinham escutado, quando no alto do barranco ainda estavam, canto já não era, e se fora, se calara.

Voltar para o sobradinho tio Lucas não quis. E assim, ali ficando, no justo lugar onde tinha visto o filho, esperou que amanhecesse. A madrugada veio encontrar a pessoa dele de olhos vermelhos, da noite passada em claro e de tanto chorar.

Pegou então uma canoa, e por toda a manhã percorreu o brejo, acompanhado de Joaquim, seu fiel servidor, na esperança de encontrar o filho — vivo ou morto.

E ia chamando, enquanto remando ia:

— Augusto! Augusto!

Mas o filho ele não encontrou, sob nenhuma forma, qualquer que fosse, das duas em que o desaparecido estivesse: se ainda vivo ou morto estando.

E dúvida não houve mais: em cobra transformada, no encanto da lagoa, a mãe-d'água carregara ele.

Tio Lucas foi de muda para a cidade, onde morreu de desgosto. Desde então a fazenda, que Lagoa Encantada se chamava, ficou abandonada.

Depois do triste dia, e passados muitos anos, o primeiro parente a pôr os pés ali fui eu. Assim mesmo para nunca mais voltar.

MARA

De *(O lobisomem e outros contos folclóricos)*

O velho pajé aquele, pai de Mara, outra filha não tinha senão ela. No princípio fora assim, quando ela era menina; e assim ficou sendo depois, quando ela em moça se tornou. Pois muitas, muitas e muitas luas se passaram sem que outra nascesse além dela; e nem depois iria nascer, da mesma mãe ou de outra, na variação das mulheres do pajé, mas de igual paternidade.

E sendo ela só como era, única, merecedora se fez de toda a afeição dele, de uma forma como nenhuma outra filha o foi para qualquer pai, pajé ou não, ali na tribo, em pegadio especial e demonstrado.

Mara era uma índia, na idade de moça feita, como era então, muito bonita de rosto. Mas tinha o corpo que nem o de um índio, mais parecendo de homem que de mulher, só que sem músculos; porque magrinha era, e fragilzinha muito, quase pele e osso, no indesenvolvido das formas dela. As quais desabrochadas já deviam de estar, a saber: com a carnação no ponto, devezando, fruto em tempo de ser colhido, pelo natural da idade.

Mas assim não era.

No comparado mais certo, Mara era feito uma menina que só tivesse encompridado de tamanho; e que, no particular dela, franzina de nascença como era, franzina continuava a ser, depois de encompridada em moça, sem deixar de ser a menina que fora em antes — afora o tamanho, em tudo mais: nos seiinhos dessalientes, que eram só dois botô-s; e nas partes do corpo aquelas, desenfeitadas de pêlos nos lugares apropriados, porque lisinhas eram, em desacordo.

Mas o que lhe faltava a ela em pêlos sobrava em cabelos, escorridos eles até a cintura dela, a modo que uma touceira de capim-mimoso. E com eles cobria-se ela, quando agachada estava, num canto, da forma como ficava: calada horas e horas, olhando para o chão.

E deu-se que o pajé, pelo muito amor que tinha à filha, resolveu ensinar-lhe tudo que aprendera dos antepassados, em prática de pajelança, na ciência tradicional da tribo, em que era mestre de muito poder, no sabido e no oculto.

Mas não foi somente por amor que assim procedeu: amor de pai pajé ensinando à filha todos os aprendimentos secretos dele, só com o fim de nada esconder dela, e ela tudo ficar sabendo do que ele sabia, no dessegredo dos dois.

Não; outro motivo para o ensinado houve. O qual foi o pai tirar Mara do alheamento em que ela vivia, desinteressada se mostrando de tudo e de todos, como sempre se mostrara, e mais ainda naquela ocasião, em estado de moça.

Pois inclinação não tendo ela para casamento, nem competência de braço para o trabalho, preciso era que alguma coisa fizesse, para gosto do fazer, e por via disto sentir-se útil em si mesma, e útil ser para os outros, em razão de vida encontrada.

E para o facilitado disto havia a predestinação dela, que o pai descobriu quando a iniciou nos segredos da pajelança, desenvolvendo os dons que para esse fim ela possuía.

Era ele forte de coração, e sete fôlegos tinha, o necessário para ser o pajé que era, segundo as normas. E no possuído desses predicados, que com menos de cinco fôlegos não houvera de possuir, tinha ele poderes pra enfrentar sem risco as cobras venenosas, e curar as doenças todas; afora as daquele particular, que de envenenamento resultassem, por efeito ou não de mordida de bicho peçonhento.

Porque conhecia ele os segredos de todas as ervas e raízes, e das cascas de pau, sementes e flores, de tudo que havia ali na mata, no mais próprio dela, folhoso ou não, mas vegetal sendo; e também do resto: insetos e bichinhos outros, e terras ou minerais, enfim, e no geral, de todas as coisas que criadas foram no mundo de Deus para cura dos males das gentes.

E delas conhecendo assim os segredos, com elas preparava pós e cozimentos, e beberagens apropriadas, no isolado da sua cabana, para atender a quem doente estivesse e o procurasse, por motivo de necessidade e confiança. E além do emprego dos seus remédios, por esta forma feitos, tinha ele poderes para expulsar, pelo canto e pela batida do tambor sagrado, o espírito da moléstia. E quando doença não havia, no interior das pessoas, mas somente ferimento no corpo, causado por arma de guerra ou por algum acidente na caça, também tinha ele os meios de curar, por obra da sua ciência e com a ajuda dos deuses. Porque era ele o intérprete solitário do seu povo junto às divindades superiores, sabedor único dos mistérios delas, em graça de entendimento e privilégio de intimidade.

E por tudo isto, e pelos conselhos que dava, na sua palavra de grande sabedoria, vivia ele cercado de respeito, e venerado era, porque só fazia o bem.

E assim os seus conhecimentos tratou ele de transmitir a Mara, embora muito cedo para isto fosse, pois sabia da muita vida que ainda lhe estava a ele reservada, no pressentido que tinha das coisas: muitas e muitas luas ainda haveriam de passar antes que ele, por força de morte e vontade dos deuses, deixasse de ser pajé.

Mas precisava fazer da filha um espírito forte, e ânimo de vida despertar nela, na função de viver e ser útil, que lhe competia por dever de gente; e isto só podia ele fazer da forma como fez, e que outra não foi senão aquela: iniciando-a nos segredos da pajelança. Pois era esta a ocupação única de que Mara era capaz, por lhe faltarem a ela os predicados outros de qualquer mulher da tribo, no natural: força de ventre pra ter filhos e força de braço para o trabalho, as duas juntas.

E logo no começo descobriu ele a predestinação da filha para tal fim; mas não da forma como ela se desenvolveu na iniciação, no inesperado de tantos poderes que trazia dentro de si e então mostrou. Pois Mara tinha, não os cinco fôlegos exigidos, de mínimo, para aprender o ensinado, porém, mais de sete. Podendo assim ler claro no futuro, e curar a distância. E tinha ainda, por via de tantos fôlegos juntos, poder para transformar-se no animal que bem quisesse, em qualquer um; e tornar-se invisível, e nesse estado transportar-se de um lugar para outro, bastando para isso só o esforço do seu querer, e nada mais.

E impressionado, no seu coração, com esses poderes todos da filha, que maiores que os dele se mostravam, abençoou-a o pajé em serviço de reza, com toque do tambor sagrado; e uma advertência lhe fez, de conformidade com a tradição. E que era a de que todos os poderes, aqueles dela ou outro qualquer, mais simples, no exercício da pajelança, somente para o bem deviam ser usados, e nunca, jamais para o mal; pois era esta a determinação dos deuses, que aos seus eleitos os conferiam para de outra forma não procederem eles.

E duas luas se passaram, na boa paz dos dois, pai e filha, ali na cabana, depois da iniciação de Mara, sem que nenhuma novidade houvesse, no sabido de outra boca ou por ele presenciada.

Mas um dia, estando sozinho o pajé, soube ele que uma índia velha fora picada por uma cobra, a qual logo desapareceu, antes que a pudessem matar os que lá chegaram na hora, ao lugar. E tendo ele socorrido a ofendida, salvá-la da morte não pôde com as ervas do costume, no uso da sua ciência; pois era um veneno novo, e muito forte, desconhecido dele, o da cobra que mordera a índia. E de Mara não pôde ele se valer, em pedido de ajuda, porque em nenhum lugar foi ela encontrada; somente à boquinha da noite apareceu ela, dizendo que vinha das cabeceiras do rio, onde estivera em busca de umas plantinhas que só lá havia: os lírios amarelos.

Depois, num dia de sol quente, caiu uma chuva que não era apropriada, e que por isto explicação não teve, a não ser de coisa-feita, malefício de alguém, ou castigo de algum deus. Pois a chuva caiu somente num lugar, na roça de mandioca que uns índios haviam plantado; e tamanha força d'água teve a dita chuva que a mandioca se perdeu toda, de melada que ficou, conforme acontecia nesses casos.

E então, dúvida não teve mais o pajé de que tanto a mordida da cobra quanto a chuva, duas desgraças juntas, infelicitando gente da tribo, desmerecedora de castigo, só podiam ser obra de uma força do mal desencadeada pela filha, por maldade nascida no coração dela. Pois somente ela, com os poderes de que era possuidora, houvera de fazer morrer a velha de picada de cobra tão peçonhenta, por via de veneno assim desconhecido, e melar a mandioca da roça dos outros índios aqueles.

E chamando ele Mara, censurou-a sem tardança, conforme lhe competia fazer; e ameaçou-a de maldição, por ter usado ela para o.mal os poderes que só para o bem devia usar. Mas ela lhe respondeu que os poderes eram dela, pois com eles nascera para deles fazer o uso que quisesse, da forma como os tinha desenvolvido. E que na tribo muita maldade havia, ainda que escondida, reclamando punição apropriada, em paga de mal com o mal, e até com a morte, quando preciso fosse. E tendo dito isto, convencida de que dissera o certo, em feitura de justiça justa, cobriu-se com os próprios cabelos, e no mesmo instante desapareceu.

O velho pajé sentiu o coração pesado de tristeza. E os seus deuses ele chamou, tocando o tambor sagrado. Depois ajoelhou-se, e por três vezes levantou os braços para o ar, ao mesmo tempo entoando, no exigido do ritual, um canto de lamentação, que muito monótono era, e arrastado.

E em silêncio ficou depois, ali mesmo, sem sair da cabana, por dois dias. E em comida não tocou, pra poder pensar melhor.

Somente ele sabia dos poderes que a filha tinha. E por ser o único sabedor deles, e de como e para qual fim ela os usara, temia os males outros que dela ainda podiam vir, e que assim vindos, se descobertos, levariam toda a tribo a levantar-se contra ela.

Mas até lá outras desgraças teriam acontecido, pois muito fortes eram os poderes de Mara, assim usados para o mal, em alegado de castigo. E isto ele tinha de evitar, por missão e obrigação da pessoa dele, não de pai, mas de pajé, no encargo de cuidar do bem de todos, para salvação dos males do corpo e do espírito, de acordo com o determinado pelos deuses, de que era intermediário.

E no seu coração se dispôs ao sacrifício supremo, que era extinguir a força do mal da filha, antes do agravo de males novos, outros, destruindo-a pela morte. Pois estando ela a serviço do mal, e tantos poderes tendo para isto, só com a destruição dela poderia destruir os seus poderes maléficos. Assim haviam decidido os deuses, dando-lhe a ele esse duro encargo, pra que não se espalhasse na Terra o mal que Mara trazia dentro de si. E por esta forma se fez ele, mais uma vez, instrumento dos deuses.

E cuidou de sacrificar a filha, por não ter-se mostrado ela merecedora dos poderes que lhe foram conferidos, e que dela não podiam ser retirados senão com a morte, como meio de salvação.

E assim, aproveitando a ausência de Mara, escolheu o veneno mais forte que conhecia, e com ele envenenou o peixe que ela devia comer quando voltasse. Pois para comê-lo depois ela o deixara ali, no lugar do costume.

E eis que, de repente, Mara entrou na cabana, sacudindo os cabelos muito longos, que na cintura lhe davam, escorridos. Pegou no peixe, e pela porta o atirou lá fora; e uma raiz de mandioca começou a quebrar nos dentes, cuspindo os pedaços no chão.

— Isto não é coisa que se coma assim — disse o pajé.

— Não estou comendo. Estou só mostrando que tenho vontade de comer — respondeu Mara, jogando para um lado a raiz de mandioca.

— Mas se com fome está, por que não comeu do peixe?

— Porque minha fome não é de peixe envenenado. E uma coisa lhe peço, meu pai: não use no meu de-comer de boca os seus poderes de veneno. Porque farei secar a mão que me tentar envenenar por esta forma.

E agachando-se, e cobrindo o rosto com os cabelos, logo se transformou num coelho preto, ali mesmo em presença do pai, para mostrar-lhe os poderes que tinha pra tal encantamento. E assim transformada em coelho, saiu aos pulinhos, e foi comer capim do lado de fora da cabana, pois faminta estava.

O pai, por um momento, chegou a pegar numa flecha, para com ela flechar o bichinho de caça que ele via assim, agora, através da porta, na moita de capim: o coelho preto, que coelho não era de verdade, mas sua filha, a qual ele precisava destruir.

Mas logo deixou no mesmo lugar a flecha, e usá-la não usou, por causa da necessidade que tinha de destruir a filha sem derramamento do sangue dela. Pois pensando no que então pensou, na sua sabedoria, a terra não devia se empapar de sangue tão mau, em ainda estando ele vivo, escorrendo, no lugar da matança, se de flechada matasse a filha.

E assim ficou ele na cabana, e a filha saiu pelo mato, em coelho transformada. E antes que ela retornasse, no outro dia, já em gente de novo feita, trouxeram numa rede um índio doente, que entrevado ficara de uma hora para outra.

E a história da doença foi ao pajé contada, da forma como sucedera, pra que melhor sabendo do aparecido dela ele a curasse. Pois doença podia ser, mas também bruxaria, só ele tendo competência de distinguir as duas.

E contou a mulher do doente, que com ele estava na hora do sucedido, terem visto os dois, no mato, um coelho preto, quando o marido estava caçando. E que, no mesmo instante em que ele apontou para o dito coelho a flecha, caiu duro no chão, e não mais pôde mexer nem com as pontas dos dedos, mas só com as pestanas.

E o pajé tudo fez para curar o doente, em trabalho de reza e de beberagem, com adjutório de defumador. Mas poder não teve para curá-lo, nem para dele expulsar o mau espírito da moléstia. Pediu então que deixassem ali o entrevado, pois sabia que a cura dele dependia somente de uma pessoa, a mesma que lhe tinha feito o mal; e essa pessoa não era outra senão Mara.

E todos saíram e o pajé ficou sozinho com o doente.

Mas quando a filha voltou, ela só fez aparecer na porta. Porque, no mesmo instante, logo se transformou numa arara, e nesse estado esvoaçou por dentro da cabana, e por cima do doente, a ele dizendo assim:

— Entrevado estás, e entrevado hás de ficar até morreres de fome. Porque tua boca não se abrirá, por vontade minha: nem pra falar nem pra comer.

E em forma de arara saiu voando para a mata.

Vieram ver o doente no outro dia, e o pajé mandou que o levassem, pelo alegado de nada poder fazer por ele: era caso de morte.

E tratou de descobrir outro meio de destruir a filha e nisto apressar-se, antes que outros males ela fizesse, mais cedo ou mais tarde.

Poder tinha ele para o principal do seu intento, e pô-lo assim em execução, no perceber de quando a filha se achasse na cabana em estado de invisível, pois tinha de agir sem que ali ela estivesse, ausente estando de verdade, e não somente no desenxergado dela.

E tendo-se assegurado de que sozinho estava mesmo ali na cabana, na tarde daquele dia, e assim fora da vista da filha, envenenou o pote de cauim, depois de lá tirar uma quantidade pra beber, que numa vasilha deixou, por prevenição de espírito.

Mais tarde, quando viu Mara entrar, no justo momento em que ela entrou, pegou ele a vasilha, como de coisa que acabara de enchê-la naquela horinha mesmo, e tomou um gole do cauim, na esperança de que a filha o imitasse. E apontando-lhe então o pote, convidou-a com esse gesto, em silêncio, a fazer-lhe companhia na bebida.

Mas tudo que Mara fez foi dizer-lhe:

— Uma coisa lhe peço, meu pai: não use no meu de-beber os seus poderes de veneno. Porque farei secar a mão que me tentar envenenar por esta forma.

E estendendo a mão em direção ao pote de cauim envenenado, murmurou umas palavras mágicas, que só ela sabia, e logo o pote se transformou num enorme sapo horrendo, que aos pulos saiu da cabana. E ela o acompanhou, sem nada mais dizer, com ele desaparecendo na mata.

Por três dias o pajé não a viu. No quarto dia, uma decisão ele tomou, a última, para destruir sem mais demora a filha, não lhe dando a ela tempo de adivinhar, como adivinhara das outras vezes, a intenção dele.

Sabedor das idas dela às cabeceiras do rio, em busca dos lírios amarelos, que desde menina colhia, rumou ele para lá, por dentro do mato, cortando caminho pra não ser visto. E lá chegando, viu o pajé a filha, como de fato a viu, deitada no meio dos lírios, bem na beira d'água, dormindo. Mais que depressa agarrou-a e mergulhou-a no rio, fazendo-a morrer afogada. E quando o corpo dela retirou de dentro d'água, tão mais magrinha ela lhe pareceu a ele, que difícil houvera de ser alguém imaginar que tão franzino corpo escondera em vida tanta maldade.

Depois, voltou à cabana e anunciou a toda tribo que encontrara morta a filha; e sete índios velhos levou em sua companhia, para a enterrar no lugar onde estava o corpo, lá mesmo, por ser o da predileção dela.

E assim o fizeram os sete índios.

E disto deram testemunho, enterrando Mara numa cova de quatorze palmos, por determinação do próprio pajé, que a queria sepultada bem no fundo da terra, porque assim tinha de ser.

Mas nem por isto terminaram os poderes maléficos de Mara, de todo e para sempre, como pensou o pajé ao afogá-la, fazendo-a enterrar depois na mais funda cova de que se teve notícia até hoje, ali ou em qualquer lugar.

Porque, se sangue vivo ela não derramou na terra, de sua boca escorreu, nas ânsias da morte, uma baba pestilenta. E dessa baba se originou, no meio dos lírios amarelos, umas ervas miúdas e más, de que se valem as feiticeiras pra fazer feitiço. Ou maracaimbara, como elas o chamam lá na língua delas.

ARMADO CAVALEIRO
O AUDAZ MOTOQUEIRO

Diante do espelho, o garotão louro: os compridos e escorridos cabelos louros, repartidos ao meio, encaixilhando a face nazarena, o louro bigode descaído em pontas sobre a barba loura que orlava o queixo. Não estava seguro de que Jesus Cristo era louro, ou moreno, os cabelos, nesse caso, castanhos, em vez de louros; ou, quem sabe, talvez fosse negro, não propriamente um negro de aramado cabelo *black-power,* como o Black Zezé da PUC, em cuja carapinha fora vista desfilando uma barata tamanho médio; não um negro como o Black Zezé, negro mesmo, mas, talvez, um negro abrandado em egípcio, cor de formiga, os cabelos domesticados a golpes de convincente escova repressora; talvez fosse hindu, os negros cabelos lisos desabando orelhas abaixo, num rosto cor de azeitona. Japonês é que não era possível; nem chinês. Era difícil imaginar Jesus Cristo com a cara do Professor Okinawa, o nissei que viera da EDUSP dar aquele curso na PUC, ainda por cima, de óculos; também não se podia pensar em Jesus Cristo com cara de chinês, mesmo que esse chinês fosse o grande Mao, eventualmente provido dos atributos capilares do nazareno.
Todavia, o Padre Avaristo, em sua missa das 18:30, depois do lanche de *hamburger* com chope, que habitualmente tomava antes de subir ao altar, pregava e repregava a favor da sermonal necessidade de multiplicar a face de Cristo na juventude — sem discriminação de raça, ou melhor, de cor, já que a palavra *raça* tinha conotações reacio-

nárias e elitistas, que repugnavam aos verdadeiros democratas.

Depois, com acompanhamento de guitarras elétricas, pelo conjunto Os Nazarenos do Leblon, todos cantavam, num solidário embalo de participação, o *rock*-balada "Estou com Cristo e não abro", de Raul Roberto José e José Roberto Raul, vencedores do I Festival Universitário Católico da Participação (FUCAPA). Todo o mundo cantando:

> *Cristo é igual a mim,*
> *Igual a todos os homens,*
> *Porque Cristo não é Deus,*
> *Cristo é humano.*
> *Cristo é meu amigo,*
> *Cristo é meu camaradinha.*
> *Essa história de Cristo-Deus*
> *É papo pra ladainha.*

O garotão louro, diante do espelho: lembrando-se dessas coisas, nelas pensando, e pensando sobretudo em si mesmo — seu mais importante assunto. Estava com 19 anos, cara; idade pra ninguém botar defeito. O pai, o Coroa, pai legal, paizinho brasileiro bom, da geração que não pegara na juventude o Brasil progressista, mas que pegando como pai a força total do progresso brasileiro, resolvera (a geração dele) ir à forra, na base do profícuo raciocínio do que tudo que eu não tive, meu filho vai ter: — o pai, o Coroa, paizinho brasileiro legal, pra frente, participante, fizera com ele uma combinação, numa boa; se ele, o garotão louro, superasse a dependência da maconha, ganharia de presente (já tinha um automóvel) uma Honda 1.000 Goldwing, que em matéria de velocidade só perdia para o vento.

Combinação feita, combinação cumprida.

O garotão louro superara a dependência da maconha, daquele fumo de todo dia. Agora, só estava puxando fumo uma vez por semana, aos sábados, numa boa. O paizinho brasileiro legal, Coroa tipo careca-cabeludo, espanador grisalho na nuca, também cumpriu a sua parte, que pai era para essas coisas, o diálogo, o filho como companheiro e não

como filho, tudo ao contrário de como os pais repressores, do tempo do chicote, faziam. Enfim, o Coroa também cumpriu a sua parte: deu de presente ao garotão louro a Honda 1.000 Goldwing, no dia dos seus incrementados 19 anos.
O garotão chamou a patota para ver. E ouviu as abalizadas opiniões:
— Legal!
— Um barato!
— Pô!
— Eu me amarro nessa máquina!
— Chocante!
— Legal!
— Legal!
— Legal!
— ...al!
— ...al!
— ...al!

Diante do espelho, o garotão louro: boas lembranças, grandes lembranças, tudo legal. Sacudiu a cabeça, espanando o ar com a seda dos cabelos desfeitos. Precisava amarrar os cabelos, por causa do capacete. Tentou um rabicho igual ao dos lutadores japoneses de sumô. No Equador havia uns índios que também usavam rabicho; vira numa foto, num daqueles papos coloridos de reportagem turística, com que o turismo excursionista vai tomando o dinheiro dos trouxas. Por fim, decidiu-se pela tira de cetim vermelho entretelado, com que prendeu, na base do índio apache de filme de bangue-bangue, os cabelos nada índios. Vestiu as *blue jeans,* compradas na importadora Teen Ager, de Ipanema, a melhor importadora de mercadorias importadas via contrabando da Zona Franca de Manaus. Calçou as botas: vermelhas, meio cano, bacanérrimas. Vestiu sobre a camiseta de malha (com a inscrição *I want you*) a jaqueta de couro: preta, como aquela do Marlon Brando em *O Selvagem,* filme que vira na TV, no programa Reprises Emocionantes da Madrugada. Mirou-se e remirou-se no espelho: era uma impressionante e aguerrida figura, como se tivesse acabado de se armar cavaleiro. Aguerrida? Talvez apenas uma insolente figura polêmica, todavia de igual teor medievalesco. Armado cavaleiro! Pegou o capacete, passou pela cozinha para tomar um cafezinho saidor. Mamãe estava na copa, acabara de voltar do *cooper* na praia, *shortzinho* lá em cima. Quando viu o filho:

— Estás lindo de morrer, garotão!
— *Ciao,* mama.
— *Ciao,* lindão.

Na garagem, cobriu-se com o elmo do capacete de *fiber glass,* vermelho e preto, viseira transparente. (De resto, o capacete era a única coisa que ele tinha na cabeça.) Ligou o motor da moto: ronco forte, ascendente, descendente, no vai-e-vem das aceleradas; ronco que encheu a garagem de um ruído maravilhosamente ruidoso, prodígio obtido mediante a eficiente supressão do silencioso da descarga. Pensando bem, o melhor da moto era o ronco. Montou no ronco, deu uma rabeada, subiu a rampa da garagem, deu uma volta na rua, acelerando e acelerando, segundo as normas do espetáculo: todo o mundo tinha de vir para a janela ver o garotão louro montado no ronco, castigando o ronco. Na calçada as pessoas se voltavam para vê-lo, nas janelas algumas cabeças espiaram curiosas. Agora, sim! Ronco de motoca precisava de platéia. O elmo do capacete de *fiber glass,* viseira transparente, chumaços de cabelos louros debruando na nuca o capacete vermelho e negro: parecia mesmo um cavaleiro, cavalgando seu corcel de roncos. Blusão de couro negro; botas vermelhas, meio cano, escorando as pernas embainhadas nas *jeans* tinindo de justas. Armado cavaleiro, sim.

E, armado cavaleiro, entrou na liça do asfalto o audaz motoqueiro. Tráfego pesado. Que importava? Ia tirando tudo de letra. O ronco se insinuava entre os carros, como o vento numa fresta. E lá vai, lá vai. Tira aqui um fino, outro fino lá adiante, sorri de sua própria perícia, satisfeito. Vê que nos outros carros há caras irritadas, sucedendo-se na tela de um cinema imaginário, buzinas enfileiradas protestando. E lá vai ele, cavalgando impávido o grande ronco. E sorrindo. De repente, vê o ônibus. Que diabo queria aquele ônibus?

Aquele ônibus não estava no programa. No ônibus, o motorista vê a motoca desembestada, roncando e roncando, vindo. Que diabo queria aquele motoqueiro? Quando saíra de casa, de manhã, não pensara em nenhum motoqueiro, e muito menos num motoqueiro que quisesse brincar de correr com ele no asfalto. E então, epa! Que coisa... Para se livrar de um caminhão, o ônibus fechou a motoca, que para se livrar do ônibus fechou um poste. A motoca voou para um lado, o motoqueiro voou para outro. Aliás, voou bem para cima do poste; e contra o poste se chocou, sólido, findo.

Paz à sua alma.

O ESTILETE

De *(Armado cavaleiro o audaz motoqueiro)*

Chamava-se José Mario, e queria comprar um estilete. Havia de ter para isso os seus motivos, mas deles fazia segredo. De resto, era um homem que falava pouco, conquanto falasse muito consigo mesmo. E vá a gente imaginar o que vive falando consigo mesmo um homem que com os outros fala pouco, ainda que não esteja em causa um estilete. No caso de José Mário, porém, estava. Queria comprar um estilete.

— Um estilete? — perguntou-lhe o caixeiro da casa de ferragens, como na dúvida do que ouvira.

— Sim, um estilete. Um estilete de uns trinta centímetros de comprimento, de aço.

— Desculpe, cavalheiro, mas não temos esse tipo de artigo. Talvez o senhor o encontre numa cutelaria, quem sabe? É bom ver em Almeida & Fernandes, aqui perto, na Rua Larga. Creio que é no número 62. 62 ou 66, uma coisa assim.

Saiu José Mário em busca da cutelaria, incerto da numeração, mas absolutamente certo de que queria era um estilete, e não um alfinete. Sorriu, na espetadela de uma lembrança: a brincadeira que no colégio fizera com um colega (já lá se iam mais de vinte anos), cravando-lhe no bum-bum um alfinete.

— Mas, um estilete de trinta centímetros? — estranhou o caixeiro da cutelaria Almeida & Fernandes, que, embora isto não tenha nenhuma importância para a história, era português, e careca. — Posso saber para que fim o senhor quer um estilete desse tamanho?

José Mário sacudiu em silêncio a cabeça, numa sumária negativa. Afinal ele falava pouco. Queria comprar um estilete com trinta centímetros de comprimento. A cutelaria não o tinha? Então, pronto. Assunto encerrado. Ora, já se viu caixeiro mais bisbilhoteiro?

Foi a mais quatro ou cinco casas, inutilmente. Na última delas, porém, o caixeiro lhe fez uma sugestão realmente providencial:

— Um estilete desse tamanho, só de encomenda. Por que o senhor não manda fazer um estilete do tamanho que está querendo?

— Mas, de encomenda...

— Sim, de encomenda. Do contrário o senhor não estará servido. Conheço bem o ramo de cutelaria, conheço todas as casas do ramo no Rio de Janeiro, inclusive porque já fui pracista, e posso lhe garantir: o senhor não vai encontrar em parte alguma um estilete de trinta centímetros de comprimento. Só mesmo de encomenda.

— Sim... sim... de encomenda. Compreendo. Mas, onde diabo vou encomendar o estilete? — perguntou José Mário.

Era fácil, e o caixeiro lhe deu todas as indicações. Sim, claro que era fácil; só que era longe. Teve de comprar o Guia Rex, para, orientado por ele, chegar ao cabo de duas horas de labirinto à metalúrgica da Avenida Suburbana, a cuja porta estacionou o carro Dodge Dart, quase morto de sede de gasolina.

Uma semana depois refazia o itinerário suburbano, para pegar a encomenda. O estilete de aço reluziu em suas mãos maravilhadas. Conferiu-o com a escala que o caixeiro lhe trouxe com escrupulosa solicitude: trinta centímetros de comprimento, descontado o cabo de plástico torneado. Ótimo!

Isso foi numa terça-feira. Na quinta-feira, pegou no Galeão o *boeing* das 16,30 para Brasília, seu horário preferido. Era o vôo que saía direto do Rio de Janeiro, sem o varejo da escala em Belo Horizonte. Sentou-se num dos últimos bancos, pôs entre as pernas a maleta executiva. Não estava cheio o avião. Que bom! Brasileiro era o povo que viajava mais de avião no mundo. Um milagre, não estar lotado aquele vôo. O avião decolou, ganhou altura, desfraldando uma esteira de roncos.

Sentou-se no banco da frente — exatamente à sua frente — um sólido homem cabeludo, munido de um sortido equipamento facial: barba, bigode e óculos.

José Mário observava-o. Sorriu, quando o homem reclinou a cadeira. Ah, o homem era daquele tipo de passageiro que, quando está num avião, evidentemente sabe que está num avião, mas pensa que está em casa. José Mário conhecia bastante esse tipo de passageiro, que de resto quase o deixava louco de raiva, em suas freqüentes viagens de avião. Não foram poucas vezes que cadeira reclinada de passageiro impedira José Mário de ler o jornal no avião. E o problema da mesa do lanche? Num vôo de Brasília para São Paulo, simplesmente não pudera tomar o lanche: a cadeira reclinada do passageiro da frente o deixara todo o tempo em estado de sacrifício, a mesa comprimindo-lhe o estômago. Podia ter reclamado, recorrendo à intervenção disciplinar da comissária, como já vira mais de uma pessoa fazer, em situação semelhante. Mas, não reclamara: agüentara tudo calado, sob um silêncio estóico. Afinal ele não gostava de falar.

José Mário observava o sólido homem sentado à sua frente, a cadeira solidamente reclinada. Abriu a maleta executiva, pegou o estilete, fechou de novo a maleta. Nas proximidades os bancos estavam vazios. As comissárias estavam lá nos fundos arrumando o carrinho dos *drinks*. Com toda a força, enfiou no lombo da cadeira reclinada o estilete — huumm!

Um grito mal ferido dilacerou o ronco do avião.

— Me acertaram! — gemia o passageiro da frente, com a mão apalpando as costas.

De pé, num desafio de espadachim alucinado, José Mário só fazia dizer:

123

— Recline a poltrona, filho da puta! Vamos, recline, recline a poltrona agora, filho da puta! Isto é para você nunca mais reclinar poltrona em avião, ouviu, seu filho da puta?

José Mário foi contido pelo comandante do *boeing,* que o levou para a cabine, de onde só saiu depois do pouso do avião, para ser entregue às autoridades policiais do aeroporto. Do aeroporto foi para a delegacia, e o outro passageiro para o hospital.

Não houve maiores problemas. Ferimento leve, advogado, que é bom, entrou em cena, tudo se esclareceu com o aval de uma junta médica: acesso de loucura. José Mário foi para casa com a recomendação de que passasse uns dias num sanatório, mais para descansar do que para outra coisa: não se impressionasse.

O estilete foi apreendido pela polícia.

José Mário, que de resto não gostava de falar, nunca mais falou sobre o assunto.

SEDE DE VINGANÇA

De (Armado cavaleiro o audaz motoqueiro)

— Canalha! Mato-o! Dou-lhe um tiro na cara! Não há como deixar de admitir que quem assim se expressava estava irado. Tratava-se de Archibaldo Lessa Brito, funcionário da Campanha de Folclore, que já não era criança. Conversava com o seu amigo Porciúncula, velho servidor dos Correios e Telégrafos, aposentado, a ponderação em pessoa.

— Que insensatez, Brito — disse Porciúncula. — Tire essa idéia da cabeça.

— Não tiro não. É como já lhe disse: mato-o! Ele está me humilhando de uma forma insuportável, me esvaziando.

— Mas é seu chefe.

— E daí? Desde quando um chefe tem o direito de humilhar os seus companheiros de trabalho? Ele vem me esvaziando aos poucos, me deixando à margem de tudo. Não me ouve para nada, já não me chama ao gabinete dele, não me pede opinião sobre coisa nenhuma. Passo o dia inteiro dentro de minha sala, sozinho, ouvindo o barulhinho do condicionador de ar. Enquanto isso, ele convoca reuniões sobre reuniões, debate os assuntos da Campanha com todo o mundo, menos comigo. E isso, Porciúncula, é uma sacanagem. Não há outra qualificação: uma sacanagem. Porque, se de alguma coisa eu entendo, é de folclore.

— Sim, você entende de folclore. Entende de folclore, mas não entende da vida.

— Não entendo da vida, como?

— Meu caro Brito, em toda a parte é a mesma coisa, e no serviço público não haveria de ser diferente. Vá engolindo os seus sapos, porque a vida é assim mesmo. Pode estar certo de que o seu chefe também engole os sapos dele. Nos Correios e Telégrafos eu não fiz outra coisa senão engolir sapos. Isso é da vida, Brito.

— Pode ser da vida, Porciúncula, mas eu não agüento mais. E dizer que eu e aquele canalha chegamos a ser bons amigos! Sabe, ultimamente ele até finge que não me vê, para não me cumprimentar. Um canalha! Mas vai me pagar caro, porque estou definitivamente resolvido a matá-lo. Estou com sede de vingança, entende?

— Está bem, está bem, você está com sede de vingança, vai matá-lo. Já pensou, porém, nas conseqüências?

— Conseqüências?

— Sim. Você o mata, os jornais se ocupam do crime, publicam sua fotografia, você vira assunto de reportagem policial, nunca mais será o mesmo homem. Já pensou nas manchetes? Sua mulher, sua sogra, seus amigos abrem o jornal, e lá está a manchete: *Folclorista abate a tiros superior hierárquico*. Ou então: *Servidor público mata covardemente seu chefe*.

— Covardemente, uma porra!

— Está vendo? Você anda tão perturbado que até já deu para dizer palavrão.

— Sim, porque eu não sou covarde. Posso ser tudo, menos covarde.

— Meu caro Brito, até parece que você nunca leu jornal. Para o jornal, todo crime é covarde. Covarde ou brutal, ou as duas coisas juntas. Nenhum jornal vai noticiar um crime apresentando como herói o criminoso. Afinal, a imprensa tem o dever de defender a sociedade, da qual todo criminoso, por princípio, é considerado inimigo. E não é só isso.

— Não é só isso, como?

— Sim. Você mata seu chefe, vai preso, e já pensou no que irá dizer a seus filhos, a seus netos? Chega o domingo, dia de visitas, vão os seus netos vê-lo no presídio, e lá vêm as emoções, o choro. Já imaginou quando o seu netinho perguntar: "Vovô, quando é que o senhor vai me levar ao Jardim Zoológico?"

— Pare, Porciúncula, pare. Você está amolecendo meu coração.

— Bem, Brito, estou apenas sendo franco com você. Como seu amigo, não posso deixá-lo manchar de sangue as mãos, estragar sua vida, pôr a perder a posição que você tem na Campanha de Folclore.

— Eu sou o principal assessor da Campanha.

— Sei disso. Sei do seu valor, conheço sua vida, suas qualidades humanas. Acalme-se, tenha um pouco de paciência, que as coisas haverão de se normalizar no seu serviço, no seu ambiente de trabalho.

— Com aquele canalha na chefia isso não vai ser possível, Porciúncula.

— Dê tempo ao tempo, Brito. Você tornar-se um criminoso é que não é possível.

Archibaldo Lessa Brito calou-se por um minuto. Um minuto, não; dois. Dois minutos. Tempo suficiente para seus pensamentos tomarem em silêncio outro rumo.

— Está bem, está bem — disse. — Está bem que eu não o mate. Mas, de toda maneira, tenho de lhe dar uma lição.

— Uma lição?

— Sim. Dar-lhe uma lição. Vou esperá-lo uma tarde à porta da Campanha de Folclore e descer-lhe o relho na cara. Na hora de encerramento do expediente, para todos os funcionários verem. Vou descer-lhe o relho, é isso mesmo que farei. Tenho um relho em casa, que eu trouxe da roça. Vou descer-lhe o relho na cara, que é para ele tomar vergonha.

— E o revide, Brito?

— Revide?

— Sim, afinal ele pode revidar. Ele é moço, você já está com quase 70 anos, beirando a compulsória; não vá arranjar um meio de morrer de enfarte na rua, debaixo de tapa.

— Esse negócio de idade é besteira.
— Besteira?
— Sim, veja o exemplo de Tito.
— Que Tito?
— Tito, da Iugoslávia.
— Francamente, Brito. Sem querer fazer piada, estou falando é de Brito, e não de Tito.
— Está me gozando, não é?
— Não. Não estou gozando você. O que quero é evitar que leve adiante essa insensata idéia de desforço pessoal, coisa, afinal, de arruaceiro, e não de um homem com a sua posição. Já imaginou, você, um assessor da Campanha de Folclore, agredir a chicote seu chefe, exatamente à porta de sua repartição? É simplesmente uma loucura. Repito o que já lhe disse: você é um homem de quase 70 anos. Tem de se precaver, evitar contrariedades. Como anda sua pressão? Você tem tirado a pressão?
— Mas, Porciúncula, que diabo você quer que eu faça? O homem está me esvaziando. Não me ouve para nada, me ignora. Eu sei das coisas da Campanha pelos jornais, como uma pessoa qualquer. Estou cansado de ser humilhado. O homem está me esvaziando; aliás, já me esvaziou. Se acha que não devo matá-lo, que não devo meter-lhe o relho na cara, que acha finalmente que devo fazer, Porciúncula?
— Só há uma coisa a fazer: a reconciliação.
— Reconciliação?
— Sim, a reconciliação. Se é o primeiro a reconhecer que em certo tempo você e ele chegaram a ser bons amigos, por que não tentar uma reconciliação? Vai ver que ele não está querendo outra coisa.

Despediram-se. Porciúncula pegou o ônibus de Brás de Pina, foi para casa; Brito ficou ainda algum tempo na cidade. Tomou um cafezinho, comprou jornal, para ter alguma coisa que ler na fila do ônibus de Laranjeiras, quando, por sua vez, fosse para casa. Dois dias depois chamou o amigo ao telefone:

— Porciúncula, tudo resolvido.
— Resolvido?

— Sim, homem. Tudo resolvido. Houve a reconciliação. Ainda bem que eu tive o bom senso de me abrir com você. Se não fosse você, eu estaria perdido. Você sabe, ele tem defeitos, mas é um bom sujeito. Enfim, todos nós temos defeitos, não é verdade? Todos nós. Eu próprio tenho os meus defeitos. E reconheço que não são poucos.

— Alô, Brito! Quer dizer, então, que tudo se resolveu bem...

— Benzíssimo! Hoje mesmo, pela manhã, tivemos uma reunião, e ele acatou todas as minhas sugestões. Depois fomos almoçar juntos, no Ginástico. Obrigado, Porciúncula, muito obrigado. Se você não sugere a reconciliação, vingativo como sou, a esta hora eu estava atrás das grades.

PISTOLEIRO?

De (Armado cavaleiro o audaz motoqueiro)

Outrora vivia no lugar denominado Qualquer Lugar um poderoso fazendeiro, realmente de muito poder: poder de terras e de rebanhos muitos e de muitos mandos e desmandos. O outrora é porque o caso que aqui se vai contar aconteceu há pelo menos duzentos anos, sem exagero de cronometragem. Mas, também podia ter acontecido ontem, ou talvez esteja acontecendo agora, ou vai acontecer amanhã de manhã, apenas com mudança de cenário. Por que? Porque o homem está sempre mudando de cenário; só não consegue mesmo — ele, o homem — é mudar o homem.

Santana era o nome do fazendeiro. Maximino Santana. Mas, somente quando ele desapeava no cartório, para assinar o lugar-comum de uma escritura, é que as pessoas em causa se lembravam que Santana — ah, era verdade! — se chamava Maximino. Ele próprio, talvez, nem sempre se lembrasse disso. Santana, e pronto! Sobrenome promovido a nome, coisa que de resto acontece nas melhores famílias.

Santana, evidentemente, tinha uma, e provinha de outra; as duas, somadas, multiplicaram em três gerações a família Santana, enquanto Santana, o fazendeiro, com o preto no branco dos cartórios, somava e multiplicava terras, para não falar nos rebanhos. Diminuir e dividir não eram operações do seu gosto aritmético.

Orgulhava-se tanto e tanto do nome, ou melhor, do sobrenome, que, quando lhe nasceu o primeiro filho, deu-lhe por nome Santana.

— É o nome que me deu sorte — explicava. — E, já que não pude me chamar, de verdade, Santana, meu filho vai assim se chamar.

Que podia dizer o escrivão do Registro Civil? Se o fazendeiro assim queria, que assim fosse. E registrou com o nome de Santana o recém-nascido. Mais tarde, quando teve de aprender a assinar o nome, bastou ao menino Santana escrevê-lo em dobro: Santana Santana.

Pois foi justamente Santana Santana, já então homem feito, que sacou da cachola a idéia de contratar um pistoleiro para acabar de uma vez com a questão que os Santanas tinham com um vizinho de terras chamado Pedro João.

— Um pistoleiro? — estranhou o pai.

— Sim, um pistoleiro — respondeu o filho.

— Será que você está querendo dizer que eu devo mandar matar Pedro João?

— Não há outro caminho, pai.

— Filho, que idéia é essa? Saiba que em nossa família, até o dia de hoje, nunca ninguém precisou recorrer ao crime para resolver fosse o que fosse. Eu estou com 65 anos, lutei muito para ter o que tenho, lidei com toda a espécie de gente, não digo que não tenha brigado algumas vezes, mas sempre respeitei a vida dos outros.

Dois dias depois vieram contar que Pedro João estava com um engenheiro medindo as terras que confrontavam com as de Santana.

— Viu, pai? — disse Santana Santana. — Pedro João não desiste. Está arrumando nova confusão com a gente. Não há outro jeito senão liquidar com ele. Amanhã de manhã vou à fazenda de meu padrinho, pedir-lhe que contrate um pistoleiro para a gente. Meu padrinho está acostumado a lidar com esse pessoal, não vai haver problema.

— Eu já lhe dei minha opinião — disse Santana. — Mas, já que você insiste, resolva lá com seu padrinho como achar melhor. Só lhe peço é que me deixe fora disso.

— Quer alguma coisa para ele, pai?

— Para ele, quem?

— Para meu padrinho.

— Ah... Dê lembranças a ele.
Santana Santana voltou dizendo que o padrinho lhe prometera arranjar dentro de dois ou três dias uma pessoa para fazer o serviço.

E o padrinho fez pé firme na palavra: dois dias depois chegava ali um homem que — olhado de alto abaixo e dos lados — não tinha nada demais. Era um tipo troncudo, de costeletas; usava um chapéu qualquer; e trazia pendente do ombro uma capanga de couro, coisa que os homens daquele tempo já usavam.

Claro; era o pistoleiro!

Santana Santana chamou-o a um canto e deu-lhe as necessárias instruções.

— Pode deixar — disse o pistoleiro. — De amanhã ele não passa.

Eram bem umas quatro horas da tarde, salvo engano. O pistoleiro sentou-se no alpendre; Santana Santana deixou-o ali e saiu para ir ver no chiqueiro uns porcos que haviam nascido. Nisto, o pai (Santana) saiu de dentro de casa e veio até o alpendre, onde reencontrou o pistoleiro, que antes vira conversando com o filho no oitão da casa.

— Onde está seu revólver, rapaz? — perguntou Santana.

— Revólver? — respondeu o pistoleiro.

— Sim, seu revólver. Desde que chegou aqui, notei que estava sem revólver, a menos que ele esteja dentro dessa capanga.

— Não senhor; não tenho revólver.

— Mas... afinal você veio fazer um serviço, e não se compreende que não tenha trazido para isso sua arma. Não me agrada a idéia de você fazer o serviço usando uma arma de meu filho, ou minha. Como é que não tem consigo um revólver?

O pistoleiro sorriu encabulado:

— Sabe... eu devo dizer ao senhor, sabe? que eu tenho horror à arma de fogo.

— Horror à arma de fogo?

— Sim senhor. Não está em mim... Eu tomo um susto danado quando ouço um tiro.

— Mas... Não estou entendendo. Você veio fazer um serviço...

— E vou fazer, meu senhor. Vou fazer o serviço. Só que eu não trabalho com arma de fogo... Eu só trabalho com punhal.

— Com punhal?

— Sim senhor... Quer dizer, eu pego a pessoa, derrubo, e sangro ela bem no pé da goela. E aí acaba tudo... Já despachei bem umas dezesseis pessoas assim desse jeito. É que nem a gente sangrar um porco, sabe? Depois, a gente aproveita e limpa o punhal na camisa da pessoa.

O fazendeiro Santana fez uma cara de nojo. O lábio superior tremeu-lhe, repuxado para um canto, como se ele quisesse rir e não se risse. Mas, foi só por um momento; logo depois todo o seu rosto se fechou numa irada máscara.

Saiu do alpendre e entrou na casa. Havia nele qualquer coisa de determinado: parecia que ia buscar alguma coisa lá dentro. Voltou pouco depois, com um revólver na mão. Da porta, já foi atirando no pistoleiro. O primeiro tiro pegou na cabeça, e os dois seguintes, no peito. Mas, bastava haver pegado o primeiro, porque com o tiro na cabeça o pistoleiro nem teve tempo de estrebuchar: morreu na hora.

Santana Santana veio correndo:

— Pai, que foi isso, pai? O senhor matou o pistoleiro...

— Pistoleiro, não. Matei um monstro.

— Mas, pai... E agora, o que é que a gente vai fazer com Pedro João?

O fazendeiro não pensou duas vezes:

— Bem, já que comecei, agora é tocar para diante. Pegue sua arma e vamos acabar com ele.

E acabaram.

DA NECESSIDADE IMPERIOSA DE TELEFONAR

De (Armado cavaleiro o audaz motoqueiro)

Oh, a necessidade cada vez mais premente de entre si as criaturas se comunicarem; "quem não se comunica se trumbica", segundo diz na televisão, em pornogracejo de televisão, o homem da televisão; e o padre, de bermudas, na sacristia, no papo informal com as jovens fiéis de bundinha desenhada no arrocho massificado das *blue jeans*: "é tempo de comunicação, vocês têm de se comunicar"; e o governo implementando o sistema de comunicações, para que ninguém fique sem se comunicar com ninguém, e o governo, por sua vez, não fique sem implementar alguma coisa; e a implementada comunicação chegando ao telefone, em escala usuária jamais imaginada por seu primitivo inventor Graham Bell — com os incríveis sistemas DDD e DDI, sem esquecer dentro deles o telefone público, que proliferando pelas esquinas ganhou o caricato apelido brasileiro de *orelhão*.

O orelhão — diga-se — foi inventado por um gênio em *marketing* cuja genialidade consistiu em descobrir que um telefone público de cabine convencional terá seu custo de instalação sensivelmente reduzido se em vez de instalado em cabine convencional contiver em si mesmo uma aba acústica destinada a proteger a emissão da voz humana contra os ruídos externos, senão completamente, como no caso das cabines fechadas ou convencionais, pelo menos em condições de reduzi-los a uma taxa de decibéis compatibilizada com a viabilização da comunicação telefônica!

A essa "aba acústica" chama-se orelhão, talvez fazendo-se involuntária injustiça à idéia nada orelhuda do seu inventor. Afinal, presume-se que sem um mínimo de inteligência ninguém inventará coisa alguma — nem mesmo um modelo revolucionário de telefone público sem cabine.

Ao orelhão acorrem todas as gentes, mesmo as pessoas que têm telefone em casa, porquanto nem sempre é em casa que se vêem tomadas as pessoas da necessidade imperiosa de telefonar; a necessidade de telefonar pode ocorrer em qualquer lugar, a qualquer hora, desde que para isso haja um telefone à vista.

E diante do orelhão, de um orelhão, no caso, com ponto na Hilário de Gouveia, em Copacabana, formou-se a fila de pessoas que não podiam deixar de telefonar naquela hora: tinha de ser naquela hora, não podiam deixar para depois, havia uma como obsessiva decisão comunicadora mantendo-as na dócil fila do telefone, cada qual docilmente esperando sua vez, pois afinal tinham necessidade de telefonar!

A vez era a de uma gorda senhora de óculos:

— Alô, alô! Tidinha? é a sua mãe, minha filha. Está tudo bem aí? Como? está chovendo aí? Engraçado! Aqui não está chovendo não. Está fazendo um sol maravilhoso. Pois é, minha filha: que coisa, hem? Está chovendo aí, aqui não está chovendo... Hoje em dia ninguém entende mais nada. Pois é; estou telefonando para saber notícias suas. *Ciao,* minha filha.

Outra moeda. Outra pessoa da fila: uma empregada doméstica, mulatinha de lenço amarrado na cabeça coroada de rolinhos plásticos:

— Alô, é a dona da casa? Por favor, a senhora pode chamar a empregada, a Marlene? Oh, muito obrigada à senhora. (É evidente que houve uma pausa.) Alô? Alô, Marlene, aqui é a Ingrid. Tá tudo legal? Pois é, meu bem; é claro que eu vi o capítulo. Foi um vexame. Nunca pensei que a Carina fizesse uma sujeira daquelas. Sim, a novela está um barato. Mas tem hora que a gente não se conforma com o que está acontecendo, não é mesmo? Eu, ontem, quase desligo a televisão na hora que Carina fugiu de casa com a garotinha. Bem, tá tudo jóia, né? *Ciao*, querida.

Outra moeda. Uma senhora de meia-idade (a meia-idade, a rigor, é a idade em dobro), loura, de pernas de fora e um cãozinho no colo, discou o número.

— Está ocupado. Que azar!

Voltou-se, gentil, para o próximo da fila:

— O senhor pode fazer sua ligação. Vou ter de esperar um pouco, até desocupar o telefone para onde quero ligar.

Ancorou no orelhão uma dessas figuras de funcionário público aposentado (pode ser bancário) que andam por aí ostentando o ar de parvo regozijo do primeiro trimestre de aposentadoria — de bermudas, camisa de malha e sandálias, como uma espécie de lado avesso das crianças, quer dizer: uma espécie de velho vestido de menino, ou de menino fantasiado de velho. Outra moeda:

— Alô, Marta? é seu pai. Tudo em ordem? Como vai o Carlos Eduardo? Ah, ele está aí com você? Que bom! Quero falar com ele. Alô, Dudu? é vovô, Dudu. Você não vai hoje ao colégio? Ah, é na parte da tarde... Está bem, Dudu. Um beijinho do vovô para você, ouviu? Quero falar de novo com sua mãe... Alô! Alô, Marta? Bem, é só para me despedir, minha filha; até amanhã.

Voltou-se para a senhora que lhe cedera a vez:

— Pronto, minha senhora. Muito obrigado.

A senhora, que já se disse ser de meia idade, loura, de pernas de fora, e que trazia um cãozinho no colo, teve dessa vez a sorte de conseguir a ligação:

— Mamãe? Sou eu, Lúcia. Quem é que estava ligando para aí antes? Quando liguei a primeira vez estava ocupado. Ah, a senhora estava falando com Tio Alfredo... Escute, mamãe: Lilico ficou bom, sabe? Bem que o veterinário disse que não era nada. Ele estava tão tristinho... Mas agora já está outro. Escute só... Está ouvindo os latidos dele? (Evidentemente o cão começara a latir, sabiamente instigado a isso pela dona: *Au, au, au! au, au!*) Está ouvindo? Bem, mamãe, até amanhã.

Então, um grave senhor de pasta, óculos pretos, e chapéu (era o único homem de chapéu em toda a rua, talvez em toda a cidade), colocou uma moeda no telefone, discou, e em grave tom de voz falou:

— Cristina, é Macedônio. Chame a Estela, por favor... Ah, ela saiu? Está bem. Não há de ser nada. Eu ia passar por aí para dar uma trepadinha com ela. Nesse caso, trepo mesmo com você. Mais tarde, quando eu voltar do aeroporto, passo por aí e trepo com ela. Certo? Até já, filhota.

E, tendo gravemente reposto o fone no gancho, afastou-se em grave passo — e de chapéu — do orelhão.

O VÔO DA FANTASIA

De *(Armado cavaleiro o audaz motoqueiro)*

Uma coisa que o brasileiro, modéstia à parte, sabe fazer com inigualável paixão e método é, sem dúvida, esta: — gastar dinheiro. Escrito este período, pode o leitor, se quiser cooperar, ou *participar,* como dizem os padres que hoje participam de tudo, para dar eles próprios o exemplo da participação, pode o leitor, se quiser, escrevê-lo de outra maneira. Pode escrevê-lo com outras palavras, que elas conduzirão à mesma verdade, ou seja, à Verdade, visto que a verdade, embora cada homem invente a sua para seu uso particular, é uma só. Se quiserem, poderemos chamar essa verdade única de verdade verdadeira. E a verdade verdadeira, no caso, é esta: o brasileiro é o povo mais perdulário do mundo. Já falamos de sua paixão do gasto; e, se também já nos referimos ao método que ele associa a essa paixão, cumpre esclarecer este ponto, que pode parecer ambíguo, ou contraditório: paixão com método? O método, aqui, equivale ao sentido de ordem surpreendido no conhecido episódio de Antero de Quental — isto é: a ordem convivendo com o delírio. Se o brasileiro tem a paixão do gasto, não há como negar que ele organiza essa paixão com um método delirante de gastar, que nada mais é que o delírio metódico do gasto. Gastar como um modo sistemático de proceder — eis tudo.

Pessoalmente, Alexandre Higino, alto funcionário da CODEVASF em Brasília, constatou a esse respeito um fato muito significativo.

Ele vai contá-lo aqui para a gente, agora. Depois lhe perguntaremos o que quer dizer aquela sigla. Pode falar, Alexandre Higino!

— Bem, acho melhor eu dizer logo o que significa a sigla, porque, se formos deixar para depois, vou acabar esquecendo. CODEVASF significa Companhia de Desenvolvimento do Vale do São Francisco. O fato que constatei foi o seguinte: — Sempre que viajo com minha mulher, vou comprar a passagem dela (a minha, é lógico, é a CODEVASF que paga) numa agência da VARIG que fica na Quadra 306. É uma agência tranqüila, sem aquela loucura turística da agência do Hotel Nacional, onde o infeliz que tiver de comprar com urgência uma passagem vai ter de ficar mais infeliz ainda esperando na fila. Pois bem. Cheguei, um dia, à minha tranqüila agência, e quase não pude entrar, de tanta gente que havia lá dentro. Que diabo era aquilo? Afinal, entrei; e, como sou conhecido do pessoal da agência, perguntei a um funcionário que ia passando afobado, com uns papéis na mão: — Meu caro amigo, qual a razão de todo este movimento? Ele simplesmente respondeu: — Então, o senhor não sabe? As tarifas aéreas aumentaram ontem. Toda vez que o preço das tarifas aéreas aumenta, aumenta o movimento de passagens.

É incrível! Mas, como Alexandre Higino, homem sério (inclusive é protestante), não mente, a coisa é realmente assim que se passa. Brasileiro não resiste a aumento de preço de passagem de avião. É aumentar o preço da passagem, e ele inventa logo uma viagem e sai correndo para a agência mais próxima.

Quem — por dever de ofício ou exigência de trabalho — tem a infelicidade de enfrentar com freqüência a penosa mão-de-obra da movimentação de passageiros nos aeroportos até a hora do embarque, sabe que em aeroporto o pau que há é brasileiro viajando com a família inteira, de mamando a caducando, começando no neném e acabando no vovô. É impressionante! Não há inflação que segure brasileiro no chão. Não há inflação que o faça voar menos — pois afinal nunca foi tão fácil voar, a gente podendo pagar a passagem à prestação.

Até a hora do embarque? Foi isso que disse quem aqui está falando depois de Alexandre Higino haver falado? Sim; até a hora do embarque, não a falsa hora de embarque, quando pelo alto-falante o locutor (às vezes é uma pernóstica locutora, que anuncia os vôos com voz de declamadora) convoca a gente para o embarque e, sob esse pretexto, encurrala a gente numa sala que tem mesmo mais de curral que de sala. Não; é até a verdadeira hora do embarque, quando a manada de búfalos dos passageiros sai correndo da sala em direção ao avião, todo o mundo querendo ser o primeiro a entrar, para pegar o melhor lugar.

As crianças, porém, têm sobre os adultos prioridade de embarque, mesmo nos raros (raríssimos) vôos de lugar marcado. Criança só perde essa prioridade para passageiro VIP — ah, sim, *very important persons*, pessoas importantes que realmente o são, ou que, não o sendo, fazem crer aos outros que o são, embarcando pela sala VIP! (Oficial de gabinete de ministro adora embarque VIP.)

Então, entre a falsa e a verdadeira hora de embarque, ficam os passageiros encurralados na sala de espera, no calor, no desconforto, num charco de vozes confusas e difusas. Há uma entediada atmosfera de rumores, de arrastada espera e espesso cansaço. Todos falam alguma coisa e não dizem coisa alguma. É como um turvo aquário de sussurros e zumbidos. Através dos vidros vê-se o lá-fora com o avião dentro. Mas, o pior: o alarido da colméia de crianças. Os adultos ficam sentados ou em pé esperando, e as crianças na sala chorando e chateando. E fala a mamãe:

— Que é isso, filhote? Não chore não.

(É claro que ela jamais dirá: Pare de chorar, que você está incomodando os outros.)

E o filhote:

— Eu quero entrar no avião. Eu quero entrar no avião!

(É claro que o que ele está querendo é o que todas as outras pessoas querem. Com uma diferença: como ele é criança, faz o que todas as crianças do mundo fazem, quando não conseguem uma coisa: começa a chorar, porque ele sabe que não há ninguém, nem mesmo a mamãezoca, que resista à pressão de um berreiro caprichado.)

E vem o papai:
— Olhe aqui o papai.
E vem o vovô:
— Olhe aqui o vovô.
E vem a vovó:
— Olhe aqui a vovó.

E vem a família inteira, que ali está reunida pensando que está em casa, esquecida de que a sala de espera do aeroporto não é o apartamento do papai, e vem a família inteira, que inteira viaja para depois contar aos vizinhos que viajou, que o Amazonas é uma beleza, e que aquele "som" comprado pro Paulinho custa na Zona Franca a metade do que custa na Castrel, tudo isso pra fazer inveja aos vizinhos — enfim: e vem a família inteira, para inteira paparicar o filhote chorão.

Enquanto isso, os outros passageiros, que ali estão descansando das chateações dos filhos que com a graça de Deus ficaram em casa, vão se chateando com os filhos dos outros, pencas deles, espalhados pela sala, perturbando as pessoas que nada têm que ver com eles. Afinal, é preciso ficar bem claro que quem viaja quer sossego, desde que não se trate de pessoas que fazem turismo em grupo. O grupo tem de ser muito agitado e tagarela: faz parte do programa.

Ah, quem viaja quer sossego, é claro! E foi pensando nisso que o meu amigo Rotinildo Vital, que tem uma agência de promoções, imaginou — ainda que sem nenhuma originalidade — aquilo que ele batizou de *Vôo da Fantasia,* idéia tirada da série de TV *A Ilha da Fantasia,* coisa que de resto não esconde e que não adiantaria mesmo esconder. Diga-se, porém, que essa idéia não ocorreu assim tão facilmente a Rotinildo, como se possa imaginar. Vamos dar a palavra ao próprio Rotinildo, para ele nos contar como tudo aconteceu.

Pode falar, Rotinildo!

— Olhe, embora tenham surgido antes do Vôo da Fantasia outras idéias, elas tiveram origem numa preocupação minha, absolutamente sincera, em bolar alguma coisa capaz de proteger o passageiro de avião contra chateação de criança. Como todo o mundo sabe, há criança demais viajando de avião. Já cheguei a pensar que é por causa da meia passagem que elas pagam. E explico porque cheguei a admitir isso. Se é verdade que brasileiro — como contou Alexandre Higino — não resiste ao aumento de preço de passagem de avião, que ele inventa logo uma viagem e sai correndo para a agência mais próxima, também é verdade que ele não resiste à tentação de pagar um preço especial por uma coisa pela qual ele habitualmente paga um preço comum. Certa vez, num bar, vi um camarada conversando com outro; e, mesmo sem querer, notei que falavam de viagens. Um deles disse assim: Que dizer, então, que criança paga somente a metade do preço de uma passagem de avião? Mas isso é uma maravilha! De agora em diante só vou viajar com meus filhos.

Coisas semelhantes ouvi em outros lugares, de outras pessoas, em outras ocasiões. Tive de passar a admitir que brasileiro só viaja com criança para não perder a pechincha da metade do preço da passagem, vantagem que só a criança leva e que a pessoa que tem crianças deve aproveitar, que ninguém é bobo.

Esta seria, aliás, a segunda vantagem que a criança leva nas viagens aéreas e, por extensão, o adulto, quer dizer, papai e mamãe, pelo menos de acordo com o que pensa o brasileiro. Que sopa, viajar levando as crianças pagando apenas a metade do preço da passagem!

(A primeira vantagem, como já se viu, é a prioridade de embarque, papai, mamãe, vovô, titia aproveitando para embarcar junto com a criança, na frente dos outros passageiros.)

Mas, há ainda outros privilégios que as crianças desfrutam nas viagens aéreas. São servidas em primeiro lugar. O avião decola, ganha altura, as aeromoças (ou anfitriãs, ou comissárias, como queiram os idiotas que acham que têm de mudar tudo a todo instante) as aeromoças se movimentam e, quando o desgraçado do passageiro, querendo fazer um (aliás muito justo) relax, imagina que vão trazer o carrinho dos drinques, para ele pegar um uísque, as aeromoças começam a correr de um lado para outro distribuindo o lanchinho das crianças. Que gracinha! E, de minuto em minuto, como se não bastasse o lanchinho prioritário e especial, as mamães tocam aquele botãozinho chato de chamar aeromoça (chato, sobretudo, para as aeromoças) e começam a pedir e a pedir coisas, como se estivessem em casa e as aeromoças (ou comissárias?) fossem suas empregadas domésticas. E lá vêm pedidinhos assim:

— Olhe, meu bem, esquente a papinha dele, tá?

— Será que você arranja um pedaço de papel pra Guga riscar? Quando ele está riscando papel, não chora.

— Olhe, meu bem, quer fazer o favor de trazer um pouco de água quente? É para limpar a calcinha do filhote. Ele derramou o chocolate na calcinha. Um pouco de água quente, por favor, sim? Mas não precisa ser muito quente.

A aeromoça sorri, faz uma gracinha para a criança, a mamãezinha fica toda contente. Mal dá as costas, a aeromoça faz o que a gente sabe: fecha a cara, conquanto vá buscar a água quente. Outro dia, depois de uma cena destas, quando a aeromoça passou por mim em busca da água quente pedida pela madame, não se conteve e desabafou: "Que criança chata!" Quando voltou, porém, já estava sorrindo de novo, que aeromoça tem mesmo de sorrir, que jeito?

Enfim, é isto: as crianças ficam enchendo o saco da gente no avião, e papai e mamãe achando tudo muito engraçado (e as gentis aeromoças fingindo que também estão achando).

Comecei, então, a bolar uma idéia para acabar de uma vez com esse problema: um problema aparentemente sem solução. A primeira idéia que tive consistiria em aumentar o preço das passagens para crianças. Em vez de pagar a metade do preço de uma passagem de adulto, criança pagaria: até dois anos, o dobro do preço, de dois a quatro anos, três vezes mais que o preço comum. Só não levei adiante a idéia porque logo me convenci de sua absoluta inutilidade. Lembrei-me do depósito compulsório, que durante algum tempo o governo exigira para as viagens ao exterior. O objetivo do depósito compulsório era reduzir o número de viagens ao exterior — coisa que brasileiro adora fazer, sobretudo em grupos. Era uma estratégia para forçar a economia de divisas. E de que adiantara? O depósito compulsório, em vez de contribuir para a redução do número de viagens ao exterior, só fez aumentá-lo. Logo no primeiro mês de vigência do depósito, as viagens duplicaram em relação ao mes anterior: nunca se viu tanto brasileiro sair enturmado do Brasil para gastar dólar lá fora.

Comecei a temer que o aumento do preço das passagens aéreas para crianças, além de não resolver o problema, viesse, em verdade, agravá-lo: com os preços dobrados e triplicados, aí é que os aviões iam mesmo ficar cheios de crianças. Afinal, eu não podia esquecer o que ocorrera com o depósito compulsório e muito menos podia esquecer a história contada por Alexandre Higino.

Pensei, então, em outra coisa — porque tudo que eu queria era resolver o problema. Estava sinceramente preocupado com o desconforto dos passageiros viajando com tanta criança bagunçando o avião. Os passageiros tinham direito a aspirar maior conforto e maior tranqüilidade, pois, afinal, eles pagavam para viajar e não para se chatear.

A outra idéia que me ocorreu seria, talvez, mais eficaz. Vejamos: haveria aviões especialmente destinados a adultos que viajassem acompanhados de crianças. Os outros vôos se processariam normalmente, dentro da rotina, apenas com uma diferença: em hipótese alguma transportariam crianças. Esse sistema teria inclusive a vantagem de acabar com aquela patetice familiar de papai (às vezes é vovô) pegar o carrinho da bagagem, e em lugar da bagagem colocar nele o filhinho de papai e sair rodando (e atrapalhando as outras pessoas) com o carrinho pelo *hall* de embarque do aeroporto. Criança adora essa brincadeira de aeroporto. E, nem bem o papai acaba de despachar a bagagem, o filhote já está reclamando:

— Eu quero dar uma volta de carrinho. Se você não me botar no carrinho, eu choro.

Isto quando o avô, que afinal é avô, e avô é para essas coisas, não toma a iniciativa de convidar o netinho para a brincadeira:

— Venha dar uma volta de carrinho com o vovô.

Nada disso aconteceria, porque o embarque de passageiros acompanhados de criança se faria por uma entrada especial, talvez pelos fundos. O importante era que passageiro acompanhado de criança não se misturaria com os outros passageiros, nem no interior do avião, nem no interior do aeroporto. Assim, quando o avião decolasse com a meninada, a meninada podia chutar o banco da frente, empurrar o encosto do banco da frente, chorar, gritar, espernear, que tudo estaria em família, quer dizer: numa vasta família coletiva de mamãezinhas e paizinhos, avozinhos e titias, todo o mundo viajando muito feliz e sorridente na companhia das criancinhas que de uma forma ou de outra eles haviam ajudado a pôr no mundo. Enquanto isso, nos outros aviões, viajariam tranqüilos os demais passageiros.

Reconheço que a idéia era boa; pelo menos poderia resolver o problema do conforto dos passageiros de avião. Tornou-se, porém, inviável, porque exigiria um número excessivo de aviões, e as companhias não dispunham de tantos aviões para isso.

Então, bolei a idéia definitiva — isto é: o Vôo da Fantasia.

O Vôo da Fantasia teria a vantagem de livrar os passageiros, não apenas da incômoda companhia das crianças, mas também da presença não menos incômoda de outro tipo de incômoda criança que anda por aí: o turista que viaja em grupo, falando alto e morrendo de rir. Assim como os hotéis internacionais de grande categoria não aceitam hóspedes enturmados no turismo em grupo, o turismo em grupo também não teria vez entre os passageiros do Vôo da Fantasia.

Em suma: em todos os aviões chamados de carreira continuariam a viajar, na bagunça que sempre viajaram, adultos acompanhados de crianças, ou melhor: crianças acompanhadas de adultos, chateando adultos que não viajavam acompanhados de crianças. Isto, de um lado, representaria a realidade da viagem aérea; do outro lado seria o sonho, tornado realidade no Vôo da Fantasia.

O Vôo da Fantasia começaria por ter os lugares marcados; e, em cada jogo lateral de três poltronas, somente duas seriam ocupadas: a da janela e a do corredor, ficando a do meio livre para o passageiro nela colocar o casaco, a capa, ou o que ele quisesse: isso era problema dele. Outra coisa: as poltronas não seriam reclináveis (passageiro que quisesse reclinar poltrona que ficasse em casa, na poltroninha dele). A música seria instrumental: a gente já ouve Chico Bem-Bem demais por aí para ter de ouví-lo também no avião. Além de instrumental, a música do Vôo da Fantasia seria daquele gênero de música suave e neutra que a gente, embora não se incomodando com ela, vai ouvindo-a sem ser por ela incomodado.

É claro que as passagens para o Vôo da Fantasia seriam mais caras, coisa, aliás, que os brasileiros iam adorar. A razão do preço mais caro seria óbvia: o custo total das poltronas do meio, que não seriam ocupadas, como já disse, o custo total dessas poltronas seria acrescentado, por poltrona, ao preço da passagem. Afinal, era só o que faltava: haver no Vôo da Fantasia passageiro sentado na poltrona do meio incomodando os passageiros laterais e, ao mesmo tempo, sendo incomodado por eles.

O Vôo da Fantasia teria sala especial de embarque, com recepcionistas entre 18 e 20 anos, em ponto de bala para *miss,* desdobrando-se em gentilezas com os passageiros, até a hora do embarque. Quando os passageiros, conduzidos sempre em grupo pelo aeroporto, dessem entrada na sala especial de embarque, as recepcionistas, num risonho comitê de recepção, erguendo copos com drinques ornamentais, diriam, saudando os passageiros: — Sejam bem-vindos ao Vôo da Fantasia! (Afinal, a idéia, como já disse, foi tirada do filme *A Ilha da Fantasia.*) Na sala especial de embarque, até a hora do vôo, outros *drinks* seriam servidos aos passageiros — *drinks* que eles sorviam em absoluto estado de tranqüilidade, sem nenhuma criança por perto chateando. Em suma: seria o começo de um sonho que se prolongaria durante a viagem, com o avião voando numa grande, mansa e ordenada paz — inclusive porque seria terminantemente proibido passageiro ficar em pé no corredor do avião jogando conversa fora.

Pois é: foi assim que imaginei o Vôo da Fantasia. Imaginei-o assim, fazendo dele o vôo ideal, o vôo com que todos nós, no íntimo, sonhamos.

— Mas, Rotinildo, e nenhuma companhia de aviação quis comprar sua idéia, essa idéia realmente sensacional que você teve? — perguntou Alexandre Higino, que também estava presente na ocasião.

Resposta de Rotinildo:

— Só faltaram me botar no hospício.

Romancista, novelista, contista, autor de obras destinadas às crianças e aos jovens, Herberto de Azevedo Sales nasceu em Andaraí (Ba.), em 21 de setembro de 1917. Concluiu o curso primário em sua cidade natal, em 1921, e o curso secundário em Salvador (Ba.). Em 1944 lança o seu primeiro romance, Cascalho. Em 1949, muda-se para o Rio, ingressando nos Diários Associados, onde permaneceu até 1973. A partir de 1974 passa a exercer o cargo de Diretor do Instituto Nacional do Livro. É membro do Conselho Federal de Cultura e do Conselho Deliberativo da Fundação Cultural do Distrito Federal. Ingressou na Academia Brasileira de Letras em 1971 e faz parte da Academia Brasileira de Literatura Infantil e Juvenil (São Paulo) e da Academia Brasiliense de Letras. Em 1976 foi agraciado pelo Governo do Estado da Bahia com a Medalha de Mérito do Estado da Bahia, no grau de Comendador. O Governo do Estado de Minas Gerais outorgou-lhe a grande Medalha da Inconfidência.

Escritor que se caracteriza pela reunião da temática rural e urbana, unindo as conquistas do Modernismo a uma preocupação pós-modernista com o trabalho artístico ao nível da forma e da linguagem, Herberto Sales expressa-se com igual virtuosismo através dos meios mais diversos. É esta a sua bibliografia:

ROMANCE

Cascalho. Em 9.ª edição, São Paulo, Círculo do Livro, s.d.
Além dos marimbus (Prêmios Coelho Neto, da Academia Brasileira de Letras e Paula Brito, da Biblioteca Municipal do Rio de Janeiro). Em 6.ª edição revista, São Paulo, Círculo do Livro, 1983.
Dados biográficos do finado Marcelino. Em 3.ª edição, São Paulo, Círculo do Livro, 1977.
O fruto do vosso ventre (Prêmio Jabuti, da Câmara Brasileira do Livro). Em 3.ª edição, Rio de Janeiro, José Olympio, 1984.
Einstein, o minigênio. Rio de Janeiro, Civilização Brasileira, 1983.
Os pareceres do tempo. Rio de Janeiro, Nova Fronteira, 1984.

CONTO

Histórias ordinárias (Prêmio Luísa Cláudio de Sousa, do Pen Club do Brasil). Em 4.ª edição, Rio de Janeiro, Civilização Brasileira, 1980.
Uma telha de menos. Em 4.ª edição, Rio de Janeiro, Civilização Brasileira, 1980.
O lobisomem e outros contos folclóricos. Em 9.ª edição, Rio de Janeiro, Edições de Ouro, s.d.
Transcontos (reunindo *Histórias ordinárias* e *Uma telha de menos*). Em 2.ª edição, Rio de Janeiro, esgotado.

Armado cavaleiro o audaz motoqueiro. Rio de Janeiro, Civilização Brasileira, 1980.

LITERATURA INFANTIL

O sobradinho dos pardais (Hans Christian Andersen Award/ Diploma of Merit, Bolonha, Itália e Prêmio Cristiana Malburg, Belo Horizonte). Em 19.ª edição.
A feiticeira da salina. Em 3.ª edição.
O casamento da raposa com a galinha. Em 3.ª edição.
A vaquinha sabida. Em 17.ª edição.
O homenzinho dos patos. Em 17.ª edição.
O burrinho que queria ser gente. Em 7.ª edição.
O menino perdido. 1984.

Em "BRAILLE"

O sobradinho dos pardais. Fundação para o Livro do Cego no Brasil. São Paulo, 1983.

NO EXTERIOR

Tvrdy je Diamant (tradução tcheca de *Cascalho*). Praga, 1964.
Além dos marimbus. Edição portuguesa. Lisboa, 1964.
Cascalho. Edição portuguesa. 1967.
Cautatorii de diamante (tradução romena de *Cascalho*). Bucareste, 1969.
Dados biográficos do finado Marcelino. Edição portuguesa. Lisboa, 1970.

Tekunokurato (tradução japonesa de *O fruto do vosso ventre*). Tóquio, 1978.
The werewolf and other tales (tradução inglesa de *O lobisomem e outros contos folclóricos*). Londres, 1978.
Hitookami (tradução japonesa de *O lobisomem e outros contos folclóricos*). Tóquio, 1978.
Cercatori di diamanti (tradução italiana de *Cascalho*). Milão, 1979.
Suzume no oyado (tradução japonesa de *O sobradinho dos pardais*). Tóquio, 1979.
In-gan-u Kyr-gok (tradução coreana de *Cascalho*). Seul, 1980.
Os pequenos afluentes (seleção de contos). Lisboa, 1980.
Diamante (tradução espanhola de *Cascalho*). Buenos Aires, 1980.
Diamenty z Andarai (tradução polonesa de *Cascalho*). Cracóvia, 1982.
The fruit of thy womb (tradução inglesa de *O fruto do vosso ventre*). Londres, 1982.
Daiamondo Gari (tradução japonesa de *Cascalho*). Tóquio, 1983.
El fruto de vuestro vientre (tradução espanhola de *O fruto do vosso ventre*). Buenos Aires, 1984.
La manito negra y otros cuentos (seleção de contos traduzidos para o espanhol). Lima (Peru), 1984.

FONTES PARA ESTUDO DOS CONTOS DE HERBERTO SALES

ALMEIDA FISCHER, "Motoqueiro no Espaço Sideral", em Jornal de Letras, Rio, maio-1981.

ÂNGELA CARDOSO GUEDES, "Nosso Mundo, Mundo Absurdo", em O Globo, Rio, 21-01-1980.

ASSIS BRASIL, "Os Contos de Herberto Sales", em Jornal de Letras, Rio, abril-1975.

AUSTREGÉSILO DE ATHAYDE, "Herberto Sales e as Revelações do Século Futuro", em Jornal do Comércio, Rio, 17-12-1980.

CAMPOMIZZI FILHO, "Audaz Motoqueiro", em O Estado de Minas, Belo Horizonte, 02-12-1980.

CID SEIXAS, "O Audaz Motoqueiro", em Correio Braziliense, Brasília, 26-12-1980; em O Estado de Minas, Belo Horizonte, 31-01-1981.

DINAH SILVEIRA DE QUEIROZ, "Armado Cavaleiro o Audaz Motoqueiro", em Correio Braziliense, 24-03-1981.

FRANKLIN DE OLIVEIRA, "Uma Telha de Menos", em Isto É, São Paulo, 29-10-1980.

GILBERTO MENDONÇA TELES, "Herberto, o Contista", em O Popular, Goiânia, 14-02-1981.

GILBERTO MENDONÇA TELES, "Apuro na Arte de Narrar", em Jornal de Letras, Rio, fevereiro/março-1981.

HÉLIO PÓLVORA, "Da Sátira de Herberto Sales à Introspecção de Elisa Lispector", em Correio Braziliense, Brasília, 17-07-1978.

JÉZER DE OLIVEIRA, "O Lobisomem", em Correio Braziliense, Brasília, 09-09-1975.

JOSUÉ MONTELLO, "A Propósito da Arte de Escrever", em Jornal do Brasil, Rio, 06-08-1974.

MALCOLM SILVERMAN, "O Audaz Motoqueiro", em O Estado de Minas, Belo Horizonte, 07-02-1981.

MARCOS VILAVERDE, "Narciso na Moto", em Jornal do Brasil, Rio, 21-03-1981.

MARIA CRISTINO AGOSTINHO, "Herberto Sales — Histórias Curtas com Humor e Fina Ironia", em O Estado de Minas, Belo Horizonte, 10-01-1981.

R. MAGALHÃES JÚNIOR, "Contista Maior", em Manchete, Rio, 06-12-1980.

RACHEL DE QUEIROZ, "Lobisomem, Curupira & Companhia", em Última Hora, Rio, 20-10-1975.

RACHEL DE QUEIROZ, "Herberto, o Polígrafo", em Jornal do Comércio, Rio, 11-11-1980.

TERESINKA PEREIRA, "Três Histórias de Defuntos", em Diário de Brasília, *Brasília, 17-09-1977.*

TORRIERI GUIMARAES, "Histórias Ordinárias", em Folha da Tarde, *São Paulo, 15-05-1980.*

UBIRATAN MACHADO, "Quando uma Telha Falta, o Diabo Anda por Perto", em O Globo, *Rio, 12-10-1980.*

VALDEMAR CAVALCANTI, "Folclore: Três Livros", em Jornal de Letras, *Rio, agosto-1975.*

WILSON LINS, "O Neto do Medalhão", em Jornal da Bahia, Salvador, 30-11-1980.

ÍNDICE

A CONTÍSTICA DE HERBERTO SALES 5
Os vigilantes 17
O automóvel 23
A carta 63
O morrinho 73
Verão 79
A onça 85
Flor-do-mato 93
A mãe-d'água 97
Mara 105
Armado cavaleiro o audaz motoqueiro 115
O estilete 121
Sede de vingança 125
Pistoleiro? 131
Da necessidade imperiosa de telefonar 135
O vôo da fantasia 139
Nota Biobibliográfica 149

COLEÇÃO MELHORES CONTOS

ANÍBAL MACHADO
Seleção e prefácio de Antonio Dimas

LYGIA FAGUNDES TELLES
Seleção e prefácio de Eduardo Portella

BRENO ACCIOLY
Seleção e prefácio de Ricardo Ramos

MARQUES REBELO
Seleção e prefácio de Ary Quintella

MOACYR SCLIAR
Seleção e prefácio de Regina Zilbermann

MACHADO DE ASSIS
Seleção e prefácio de Domício Proença Filho

HERBERTO SALES
Seleção e prefácio de Judith Grossmann

RUBEM BRAGA
Seleção e prefácio de Davi Arrigucci Jr.

LIMA BARRETO
Seleção e prefácio de Francisco de Assis Barbosa

JOÃO ANTÔNIO
Seleção e prefácio de Antônio Hohlfeldt

EÇA DE QUEIRÓS
Seleção e prefácio de Herberto Sales

MÁRIO DE ANDRADE
Seleção e prefácio de Telê Ancona Lopes

LUIZ VILELA
Seleção e prefácio de Wilson Martins

J. J. VEIGA
Seleção e prefácio de J. Aderaldo Castello

JOÃO DO RIO
Seleção e prefácio de Helena Parente Cunha

IGNÁCIO DE LOYOLA BRANDÃO
Seleção e prefácio de Deonísio da Silva

HERMILO BORBA FILHO
Seleção e prefácio de Silvio Roberto de Oliveira

LÊDO IVO
Seleção e prefácio de Afrânio Coutinho

BERNARDO ÉLIS
Seleção e prefácio de Gilberto Mendonça Teles

CLARICE LISPECTOR
Seleção e prefácio de Walnice Nogueira Galvão

AUTRAN DOURADO
Seleção e prefácio de João Luiz Lafetá

SIMÕES LOPES NETO
Seleção e prefácio de Dionísio Toledo

RICARDO RAMOS
Seleção e prefácio de Bella Jozef

JOEL SILVEIRA
Seleção e prefácio de Lêdo Ivo

MARCOS REY
Seleção e prefácio de Fábio Lucas

*JOÃO ALPHONSUS**
Seleção e prefácio de Afonso Henriques Neto

*RIBEIRO COUTO**
Seleção e prefácio de Alberto Venancio Filho

*ARTUR AZEVEDO**
Seleção e prefácio de Antônio Martins de Araújo

*PRELO**

PARMA
Impresso nas oficinas da
EDITORA PARMA LTDA.
Telefone: (011) 6462-4000
Av.Antonio Bardella, 280
Guarulhos – São Paulo – Brasil
Com filmes fornecidos pelo editor